한림신서 일본현대문학대표작선 37

김시종 시선집

경계(境界)의 시

한림신서 일본현대문학대표작선 ③37

김시종 시선집

경계의 시

(境界)

김시종 지음 · 유숙자 옮김

小花

차례

『화석의 여름』에서

지은이 서문

　일본문학 연구자인 유숙자 씨로부터 김시종 시선집을 모국어로 펴내고 싶다는 의향을 들은 것은 5년쯤 전 일이었다. 한 권의 번역시집을 펴내기 위해서는 상당한 시일이 필요했던 경험이 없지 않은데, 원저자인 나로서는 그에 상응하는 기간이었다고 여겨진다. 애당초 나의 일본어는 일본 사소설에 흔히 볼 수 있는 섬세하고 유려한 문장이 아니다. 시작부터 독자를 버겁게 만드는 꺼끌꺼끌한 일본어이다. 이 이단의 일본어를 나긋나긋한 모국어 어조로 바꿔 옮기는 것이니, 그 고생이 이만저만이 아니었을 것이다. 그러기에 유숙자 씨는 5년 남짓을 문자 그대로 김시종의 특이한 일본어 시와 격투를 벌였으리라 짐작된다. 일본문학에 정통한 유 선생으로서는 아마도 처음 겪는 언어 체험이었을 것이다. 분투를 강요한 듯해 미안한 마음이 들면서도 번역자인 유숙자 씨는 그만큼 한국어의 영분(領分)을 확장시킨 셈이라고, 원저자로서 다소 은근히 자부하게도 된다.
　언어란 곧 의식을 가리킨다. 사람은 언어로 사물을 자각하고 판단하고 분석하거나 재통합한다. 어둠 속의 한 점 불빛처럼 언어가 미치는 범위는 빛 속이다. 내 의식은 실로 일본어로써 키워졌다. 의식의 기능으로 내게 눌러앉은 최초의 언어가 '일본어'라는 남의 나라 말이었다. 해방 전 식민지 통치하에서 익힌 종주국의 일본어가 아직도 유독 심정의 기미에 주둥이를 들이밀어 간섭한다. 일본어가 지닌 그 독특한 정감으로, 내 감성을 일본적 자연주의 미학으로 되돌리려 한다.

'아름다운 일본어'의 국민적 규범이란 일본의 단시 문학인 단가나 하이쿠의 7·5조 음수율이 자아내는 율동을 가리킨다고, 국민적 기반 위에 양해가 성립되어 있다. 사실 나 역시 그 단가적인 서정의 음수율을 생리감각처럼 끌고 다니는 '황국신민 세대' 가운데 한 사람이다. 내게는 우선 음절을 7·5조로 맞추려는 습성이 언어의 법칙처럼 눌러앉았다. 내 소년기의 감상(感傷), 그것을 낭만주의로 간주한 청춘의 다감한 정서는 한결같이 7·5조 운율에 키워진 정감의 발로이다. 따라서 내게는 운을 맞춘 음수율 없이는 시가 아니었다. 그 때문에 일본어는 아름다운 언어라고 진심으로 생각했던 것이다.

나는 분명 역사적으로는 '8·15'를 분수령으로 옛 일본으로부터 끊어졌다. 확실히 '8·15'는 식민지를 강요한 일본과 결별하는 날이긴 했다. 그런데 일본어만은, 그 후 부득이한 일본에서의 생활과 중첩되어선지 예전의 나를 고스란히 그러안고 있다. 일찌감치 눌러앉은 나의 일본어와 고별하기 위해서, '해방'은 여전히 긴 시간을 필요로 하는 끝없는 계기 같은 것이다. 그 일본어로 나는 시를 쓰고 자신의 사념을 정착시키려 발버둥치고 있다. 참으로 그 익숙한 일본어야말로 문제이다. 잡다한 속성의 한복판에 나뒹굴어도 때 묻지 않는 서정을 어떡하든지 자신의 일본어로써 발로시킬 책무가 내게는 있다. 자신의 생장에 얽혀 있는 일본어로부터 나 자신을 해방하기 위해서다.

　나의 시는 이처럼 일본어와의 갈등 속에서 태어난 것이다. 읽는 이가 마음 편할 리 없는 일본어 시이다. 유숙자 씨는 그걸 잘 알고서 내 시가 지닌 집념을 모국어에 끌어 담으려 힘을 다해 주었다. 덕분에 번역된 작품 중 어느 것을 취해 봐도 고집불통인 내 일본어의 모서리가 다듬어져 나긋하게 모국어의 푸근함 속에 정화되어 있다. 반한분자(反韓分子)로 지목되어 경원시당해 온 나인 만큼, 이 번역 시집으로 나 자신이 말끔해지는 기분이 들기도 한다. 번역 시선집 『경계의 시』 간행을 기획해 주신 한림대학교 일본학연구소의 여러 선생님들께 거듭 감사의 말씀을 드립니다.

2007년 4월 곡우 날
김시종

『지평선』에서

혼자만의 아침을
너는 바라서는 안 된다

양지가 있으면 음지도 있는 법

절대 어긋날 리 없는 지구의 회전맹속
너는 믿을 일이다

네 발밑에서 해는 솟아오르고
그리고 키다란 호(弧)를 그리며

뒤편 네 발밑으로 저물어 간다
네가 서 있는 그 지점이

바야흐로 지평이다

너다를 수 없는 곳에 지평이 있는 게 아니다

기우는 석양에는 작별을 말해야 한다
머얼리 그림자를 떨구며

자서(自序)

혼자만의 아침을
너는 바라서는 안 된다.
양지가 있으면 음지도 있는 법.
절대 어긋날 리 없는 지구의 회전만을
너는 믿을 일이다.
네 발밑에서 해는 솟아오른다.
그리고 커다란 호(弧)를 그리며
뒤편 네 발밑으로 저물어 간다.
다다를 수 없는 곳에 지평이 있는 게 아니다.
네가 서 있는 그 지점이 지평이다.
바야흐로 지평이다.
머얼리 그림자를 떨구며
기우는 석양에는 작별을 말해야 한다.

새로운 밤이 기다린다.

먼훗날

언제였던가.
내가 매미의 짧은 목숨에 크게 놀란 것은.
여름 한철이라 짐작했다가, 사흘 생명인 줄 알아
나무 둥치의 매미 허물을, 여기저기 장사 지냈다.
머언 옛날 그 어느 날이다.

그 후 얼마나 시간이 흘렀을까.
찌는 무더위, 매미가 목청껏 내지르는 울음소리를
나는 유심히 듣게 되었다.
유한한 이 세상에, 소리조차 낼 수 없는 것이 있음이
너무나 신경 쓰였다.

나는 이제 겨우 26년을 살아왔을 뿐.
그런 내가, 벙어리매미의 분노를 알기까지
백년은 더 걸린 느낌이다.
앞으로 더 몇 년이 지나야
나는 이 기분을, 모두에게 알릴 수 있으려나.

꿈같은 일

내가 무슨 말을 하면
모두들 금방 웃어 제친다
"꿈같은 얘기 그만 해"
나마저 그런가 싶어진다

그래도 나는 단념할 수 없어
그 꿈같은 일을
정말로 꿈꾸려 한다

그런 터라
더 이상 친구들은 비웃지도 않는다
"또 시작이군!" 하는 투다
그래도 꿈을 버리지 못해
나는 혼자 힘겨웁다

『일본 풍토기』에서

혼자만의 아침을
니는 바라서는 안 된다
양지가 있으면 음지도 있는 법
절대 억울날리 없는 지구의 회전만큼
니는 밤을 믿어
네 발밑에서 해는 솟아 오른다
그리고 키다란 호롱불를 그리며
뒤편 네 밤밑으로 서물어 간다
네가 서 있는 그 지점이 지평이 아니다
다다를 수 없는 곳에 지평이 있는 게 아니다
머얼리 코림자를 딸구며
바야흐로 지평이다
기우는 석양에는 작별을 말해야 한다

정책 발표회

커브를 꺾어
비탈을 마악 올라왔을 때
끼이익 —
멈추어 섰다.

전방을 바라보던
운전사는
황급히 양팔을 교차시켰지만

그래도
귀퉁이를 짓밟고 멀어졌다.

  이미 치였더군요
한꺼번에 몸이 앞쪽으로 쏠리며
운전수는 퉁명스레
사실을 밝혔다.

나는 합승을 하고 바삐
공산당 정책 발표회에 가던 길이었는데
전철 선로에 배를 깔고
모가지가 처들린
무표정한 개

아무리 달려도
검은 피사체는
붉은 저녁 해 한복판에 가로누워 있었다.

제초(除草)

낫

이 필요하냐고?

어림없어!

기세등등 무성한 여름 수풀은

그렇게

호락호락 넘어올 리 없지.

어렵사리 힘 하나 안 들고

더구나

위생적인

뿌리째 뽑는

결정적 방법이 있다.

먼저

가솔린을 뿌린다.

여기에

불을 지르고

멀찍이 물러나

어깨에 멘 분사기의

호스를 들이대면 된다.

불은 한층
이로써 촉발된다.

지붕 너머로
넘실거리는 화염에
냅다 달려갔더니
그의 호스가
내 속눈썹을 태우고 말았다.
불길 사이로
한 손을 들어 "미안"이라 말했다.
질겅질겅
껌 씹는 얼굴이
무지 사람 좋아 보이는
동안(童顔)이었다.
나는 끄덕이며
"괜찮아"라고 했다.
태양이 기울긴 해도
호타루가이케(蛍ヶ池) 주변은
투명한
한낮이었다.

분명 그런 눈이 있다

아침결
꼭 닫힌 방에서
아스*를 뿌렸다.

길 잃은 모기가
왱왱거리며 뒤틀려
차가운 유리 위에 죽어 가는 모습을
나는 실컷 바라보았다.

흥미로울 만치 죽어 간다.
단말마의 날갯짓을 길게 퍼덕이며
부웅— 한 바퀴 서서히 숨이 멎는다.

동트는 유리창에 분무기를 갖다 대고
소인국의 걸리버인 양
나는 내 방을
밟고 서 있었는데,
모기가 떨어져 내리는 사이

세계를 구분지어
빤히 응시하는 또 하나의 눈을
나 자신 등짝에 깊이 새겨 넣은 채
자그만 상자 안에서 우뚝 못 박이고 말았다.

---

* 아스 : 일본 모기약.

내가 나일 때

김 군은
우울해.
좋아하지도 않는 나라의
선수들을
응원하는
자신이
우울해.

김 군은
조선인이고
그들 또한
조선인이고
그 조선 가운데
북한 쪽이
김 군이고
또 하나 조선
가운데
한국인이

그들이고
올림픽 출전 예정
축구 선수.
예선을 위해
먼 길 찾아온
둘도 없는
동포들.

그런데 마침
김 군은
북한 쪽.
그런데 마침
그들은
한국 쪽.
김 군은
빨갱이이고
그들은
하양
김 군은
김일성이고
그들은
이승만

뒤엉킨 머릿속에
소용돌이치며
와아— 하고
함성이 솟는다.

어떻게 됐어?
막았어!
막아 냈어!
위기를 벗어난
흥분에
마음이 들뜬
벗
기바(木場) 군.

그렇다 해도
이것만은
못내 아쉽다.
두 점 부담을
짊어진 채
전반전이 끝나서는
한결
우울해.

정말 못 봐주겠군.

아니 문제없어.

　　일본이 이기니까!

기바 군은

열렬한

조선 팬.

그것도 그중

북한 팬.

이승만이 싫고

한국을

좋아하지 않아

그들과 접전을 벌이는

일본이

신경 쓰여

북한 쪽인

김 군을

같은 생각이려니

짐작하고

컵을 잡는 데도

허둥지둥

텔레비전에 넋 놓고

무릎을 적신다.

아앗

　　이제 틀렸어!

동점으로 따라잡힌

충동에

기바 군의

얼굴은

그야말로

백지장.

됐어!

"이젠"이라 말하기가

뒤켕겨

김 군은

자신에게

중얼거렸다.

아니아니

　　저 따위 체력으로는?!

기바 군은 여전히

한편이다.

　　(대체 넌 어느 쪽이냐고?!

　　　한국을 이기게 할 셈이야?

아니면 지게 할 셈이야?

나도 모르겠어.

다만 '조선'이 이기길 바라.

무슨 말 하는 거야!

저들은 한국을 대표한

선수단이란 말이야!

이승만 힘의 과시를 허락하는 거야?!

더 이상 말하지 마!

그 생각으로 내 머리는 지금 꽉 찼어.

그 '조선'을 찾을 수가 없어!)

시합이 끝났다.

시합이 끝났다.

동점인 채

무승부가 되었다.

완전히

기바 군은

흥분 상태

연신 테이블을

두드리는 통에

커피 잔까지

들썩거리고

몸이 무거운 채로는

괴롭다고
이리저리
설치는데
물과 차(茶)로
얼룩진
세계지도에
턱을 괴고
우리는 기다렸다
추첨 결과를.

축하해!
기바 군.
커피가 아직
남았네.
마시고 나가자.
너도 잘
알다시피
조선에는
나라가
두 개나 있고
오늘 나간 건
그 한쪽이야.

말하자면
외발로
공을 찬 거지.
오늘은
내가
한턱낼게.
두 발이 다 갖춰졌을 때
그때
그때는
네가
한턱 써.

그럼
나의 가엾은
외발을 위해!
건배!
건배!
한데 걸을 수 있어?
익숙해졌거든.
그 익숙함이
문제라니까.
분명.

분명.

그럴지도 몰라.
좋은 날씨로군!

젊은 당신을 나는 믿었다

아니.
아니.
젊은 당신이 거절할 리는 없다.
갑작스런 질문에
당황했을 뿐.
분명히.

더구나
한산한
오후의 전철이라
호기심어린
몇몇의 시선이
거북스러울 수도
있었으리라.

틀림없어.
아무리 어눌한
발음이라 해도

늙은 조선 여인을
젊은 당신이
무시할 리는 없다.

당신은 대답한다.
곧 대답한다.
아직 한참 가야 하니
가만히 앉아 계세요
라고
당신은 대답한다.

나는 당신에게
내기를 해도 좋다.
교바시(京橋)를 지나
"쓰루하시, 어데?"
라고, 거듭 물어도
당신의 어머니는
고개를 돌렸지만
당신은 아직
부끄러워할 수 있는
자신의 눈을 지녔다.

모리노미야(森之宮)를 지날 무렵
어머니가 일어났다.
황급히 어머니를 따라
당신도 일어났다.
뭔가 잘못된 거야.
곱상한 얼굴의
당신이
내가 사랑하는
일본 아가씨가
쉽게 편견에
꺾일 리가 없다.
무엇보다
젊은 세대를
배반할 리가 없다.

내기의 여유는
아직 남아 있다.
이 전철이 멈출 때
그때가 나의 승부다.
나는 조바심내지 않는다.
어머니가 큰 걸음으로
내 앞을 지나고

고개 숙인
당신이 뒤따른대도
내기는 아직 채 끝나지 않았다.

천천히
홈에 들어섰다.
스피커가 장소를 알리고
자동문이 길을 연다.
어머니가 나간다.
내가 일어선다.
노파가 밖으로 고개를 내밀고
당신의 하얀 다비*가
홈으로 내려선다.

다음이
쓰, 루, 하, 시, 예요.

순간의 영원.
당신이 가리킨
손가락 끝과
연신 머리를 조아리는
노파 사이로

유리문이 닫힌다.
어머니는 홈의 끝.
당신은 중앙.
노파와 나는
움직이는 전철 안.
가령 내가 졌다 한들
어머니여, 당신을 나는 탓하지 않겠소

---

* 다비 : 足袋. 일본식 버선.

운하

큰비 내린 뒤,
나는 다리 옆에 서 있었다.
나 말고도 많은 사람들이 모여
대나무 장대를 손에 든 채 눈여겨 살폈지만
값나가는 물건이라곤 떠오르지 않았다.
출렁이는 흙탕물에
떠내려오는 건 푸성귀 쓰레기,
지푸라기, 나무토막들.
어쩌다 건져 올린 어린 물고기에도
사람들은 반색하며 보러 갔다.
이 얼마나
조촐한 집착.
이제 곧 돈 될 물건이라도 떠내려온다면
참말 큰일.
운하여, 영원히 더러워도 좋아.
정말이지 다들 풍덩 뛰어들지도 몰라.
휴지 조각, 지푸라기, 푸성귀 쓰레기,
언제 언제까지나 똑같은 걸 실어 날라도 좋아.

이윽고 거무스름해진 지붕에
옅은 저녁 해가 비쳐 들고
미처 못 주운 고무공에
아이들이 돌팔매질을 멈출 때까지
나는 다리 옆에 서 있었다.
운하를 응시하며 서 있었다.

장편시집
『니가타(新潟)』에서

너는 바라서는 안 된다
혼자만의 아침을

절대 어긋날 리 없는 지구의 회전망을
양지가 있으면 음지도 있는 법
너는 맘을 일이다

네 발밑에서 해는 솟아오른다
그리고 커다란 호弧를 그리며
뒤편 네 발밑으로 저물어 간다.

다다를 수 없는 곳에 지평이 있는 게 아니다.
네가 서 있는 그 지점이 지평이다.
바야흐로 지평이다.

기우는 석양에는 작별을 말해야 한다
검으레 그림자를 떨구며

Ⅱ 바다 울림 속에서

1

강어귀
토사에 묻힌
통나무배가 있다.
바다를
예견한 자가
오래도록
혈맥을
내려온 채다.
바다와
마주치자마자
배 고물을 내리꽂아
망망대해
물결을
짓누르지 못한
의지가
내려 쌓인 시대의

퇴적에
잠들어 있다.
그것은
결코
어제의 일이 아니다.
미지를 향한
동경(憧憬)을 감춘
공간과
거리와
정적 가운데라면
아직 아직은
얕은
잠에 불과하다.
멈출 줄
모른 채
영원히
묻히는
의지마저 있다.
무한한 확장 속을
궤도를 벗어난
위성선(衛星船)이
갓 태어난

비단벌레처럼
기어 가고 있다.
우주 공간의
정적에
메마른
바다를
보았는가!?
더 이상
무기물의 집적이
바다라는 말 따윈
하지 않으리.
잠조차
안식을 얻지 못해
끊임없이
움직이고
반복하는
사고(思考)로만
보지 못한
명맥의 땅에
포물선을 던진다.
하루 낮밤.
바다를 건너는

배만이
내 사상의
증거는 아니다.
끝내 건너지 못한 채
난파한
배도 있다.
사람도 있다.
개인이 있다.
광막한
우주로
기어 나가는
곤충조차 있다.
완미(頑迷) 끝에
파묻힌
통나무배의 나날을
사람은
자신의 의의(意義)를 걸고
그 무위만을
나무라선 안 된다.
내가 가라앉은
환(幻)의
8월을

밝히련다.

때로

인간은

죄업 때문에

원시(原始)를

강요하기도 한다.

움막을

기어 나오는 데에

5천 년이 걸린

인간이

더 깊게

움막을 파야만 하는

시대를

산다.

개미의

군락을

잘라 낸 듯한

우리가

징용이라는 방주에 실려 현해탄을 넘은 건

일본 그 자체가

혈거 생활을 부득이 꾸려야 했던 초열(焦熱) 지옥의 한 해

전이었다.

이미 메마른
군항(軍港)을
에워싸고
텅 빈 요새를 지키는
멍한 포구(砲口)는
무수히 패인
산 중턱에서
완전히 동굴
하나로 바뀌었다.
전쟁의 종언은
호(壕)의 깊이로
짐작되었다.
이미
호 그 자체가
바닥났다.
밀치락달치락
서로 싸움질하는
터널 깊숙이
눈먼
개미로 전락한
동포가
출구 없는

자신의 미로를
여전히
파고 있었다.
산골짜기를
비스듬히
파들어
갈지자걸음의
의지가
무너뜨리는
삽
끝에
8월은
돌연
빛났다.
아무런
전조도 없이
해방은
터져 나오는
수맥처럼
동굴을 휘감았다.
사람이
물결이 되고

들썩이는 마음이
머언 고향 찾아
항구를
메웠다.
미치도록
고향을
나누어 가져
자신의 의지로
건넌 적 없는
바다를
빼앗긴 나날로
되돌아간다.
그것이
가령
환(幻)의 순례일망정
막아 낼 수 없는
조류(潮流)가
항구를
나섰다.
염열(炎熱)에
이글거리는
열풍 속을

낙지 항아리에 달라붙는

장어처럼

시각을

갖지 못한

흡반이

한결같이

어머니의 땅을

더듬었다.

막다른 골목의

마이즈루 만*을

기어 돌아다니다

완전히

아지랑이에

일그러진

우키시마마루*가

미명(未明).

밤의

하루살이가 되어

불타올랐다.

50길

바다 밑에

잡힐 듯한

나의
귀향이
폭파된
8월과 함께
지금도
검푸른
바다에
웅크린 채다.

2

늘
고향이
바다 저편에
있는 자에게
더 이상
바다는
소망으로
남을 뿐이다.
저녁 해에
서성이는

소년의
눈에
철썩철썩
밀려들어
옥(玉)처럼 널리는 건
이미 바다다.
이 물방울
하나하나에
말(언어)을 갖지 못한
소년의
이야기가 있다.
애타게 기다리다
항구에
조각상이 된
소년의
께느른한
기억으로
온종일
파도가
무너진다.
갯바람 속을
흔들려

퍼지며
소년의
자그만 가슴에서
찰랑찰랑
깊어 가는 건
바다다.
잴 수도 없는
밑바닥에
웅크린
아비의
자리로
바다와
한데 어우러진
밤이
고즈넉이
사다리를
내린다.
소년의 기억에
출항은
늘
불길했다.
모든 게

돌아갈 줄
모르는
뗏목이다.
아비가
두고 떠난
북(北)의 후미진 해안가
조부(祖父)를
소년은
삿갓과
담뱃대와
턱수염
만으로
조상을
이었다.
소년에게
감회는
없고
있는 건
기억뿐이다.
누르스름한
망막에
낡은

음화(陰畵)로
살아 있는
아비.
염주 엮이듯
줄줄이 묶인
흰옷 무리가
아가미를 쩍 벌린
상륙용 함정으로
끊임없이
삼켜져 간다.
띠 없는
바지를
두 손으로
움켜잡고
움직이는 컨베이어를
타기라도 한 듯
아비가
발돋움으로
뒤돌아보다
연거푸
고꾸라지며
함정(艦艇)으로

사라진다.
성조기를
갖지 못한
벼락치기
해병에게
중기(重機)를
내맡기고
강 저편에는
알아들을 수 없는
호령으로
납작 엎드리고
웅크리며
아비의 무리가
먼 바다로
실려 나간다.
날이 저물고
날이
지나고
추(錘)가 끊긴
익사자가
몸뚱이를
묶인 채

떼 지어
바닷가에
건져 올려진다.
남단(南端)의
투명한
햇살
속에서
여름은
분간할 수 없는
죽은 자의
얼굴을
비지처럼
망가뜨린다.
삼삼오오
유족이
모이고
너덜너덜한
육체를
무언 속에
확인한다.
조수(潮水)는
차고

빠지고
모래가 아닌
바닷가
자갈이
밤새
요란스레
운다.
밤의
장막에 감싸인
세계는
이제
하나의
바다다.
잠을 갖지 못한
소년의
눈에
시커먼
셔먼호(號)*가
무수한
사자(死者)를
질질 끌며
덮친다.

망령의
술렁거림에도
불어 터진
아비를
소년은
믿지 않는다.
두 번 다시
질질 끌 수 없는
아비의
거처로
소년은
고즈넉이
밤의 계단을
바다로
내려간다.

3

바람은
바다의
깊은

한숨에서
새어 나온다.
먼 바다에
거품이 일고
가난한
수확의
투박스런 손바닥이
귓갓길로
닻을
매만질 무렵.
아침은
냉정히
늙은 어부의
시계(視界)로
현실을
열어 펼친다.
제주 해협은
이미 하나의
활어조이며
그
활어조
속의

활어조에
아비가
가라앉고
소년이
떠돌며
조부가
웅크리고 있다.
할당받은
공출의
생선과 더불어
키워질
목숨이 있고
휘어진
손끝에
걸린
동족의
제물(祭物)이 있다.
더 이상
노안(老眼)은
넘쳐 나는
인육의
먹이에 길들여진

생선과
사람과의
구분을 짓지 못한다.
빼앗긴
장례를
몰래
활어조 속에
치러 낼 뿐이다.
폐쇄된
바다의
밀교(密教)가
산과
들을
따라
나뉜
생활을
깊숙이
엮어
그들의
추잡한
식탁으로
밤낮

시체에
살지운
살의를
퍼올린다.
지형 그대로
온순한
조선을 향한
집게손가락을
사자(死者)는
자신의 목숨으로
대신했다.
40년의
멍에를
풀었다는
그들의
손에
애당초
남쪽은
식용 토끼의
몸체일 뿐이다.
단 하나의
나라가

날 몸뚱이로
등분되는 날.
사람은
일제히
죽음의 백표(白票)를
던졌다.
마을에서
골짜기에서
사자(死者)는
5월*을
토마토처럼
무르익고
문드러졌다.
잡아들인 숫자가
빼앗은 목숨을
훨씬
웃돌았을 때
바다로의
반출은
시작되었다.
무덤조차
파헤쳐 얻은

젠킨스*의 이권(利權)을
그 손주들은
바다를
메워서라도
지킬 셈이다.
아우슈비츠의
소각로를
열었다는
그 손에
타오르는 목숨이
맥없이
물에 잠기어
사라져 갔다.
피는
엎드려
지맥(地脈)으로
쏟아지고
휴화산
한라를
뒤흔들어
충천(沖天)을
태웠다.

봉우리 봉우리마다
봉화를
피워 올려
찢겨 나간
조국의
음울한 신음이
업화(業火)로
흔들렸다.
봉쇄된
바다에
뱀처럼
구불텅한
서치라이트를
수놓고
밤을
핥아대는
인광(燐光)으로
붉은
불꽃이
번쩍이며
덮쳐 들었다.
철제

관(棺)에
수직으로
꽂힌
50길
촉수를
소용돌이치는
경관 속에서
늙은 어부가
길어 올린다.
촉감만으로
살아온
어부의
손바닥에
해방에
서둘러
가라앉은
맹목(盲目)의 날은
속돌만 한
느낌도 없다.
껍데기
자유다!
어째서

조국은

종전(終戰)과 더불어만

있었는가!?

자신이

조금도

관여하지 않은 데서

되살아났다는

조국을

다들

어째서

그리도 수월케

믿었단 말인가!?

적어도

조국은

거저 주어질 게 못 된다.

짜여진

해방이

기관총

소음에

새겨지는

시한폭탄

초침으로

견주어질 때
터무니없이
부풀어 오른
풍선 속에서
자신의
조국은
폭발을 이루었다.
고향을
배 밑바닥에
틀어박은 채
그저 기다릴 뿐인
나누어진
자신이
세계로 이어지는
바다에서
백치가 되어 간다.
옆으로 쓰러진
선체(船體)를
할퀴며
무지(無知)의
관에
완만한

울림을
쑤셔 넣은
닻이
지금
고즈넉이
조부의
손길로
끌어올려진다.
닻줄에
엉킨
소년의
차가운
죽음으로
무언의
합장이 닫히는
활어조 뚜껑의 때(時)를
아침은
묵직하니 거친 나뭇결에
자박자박
주름져 밀려와
전해 주고 있다.

4

그는
먼 파도 소리에
아침을 보았다.
눈에 마련된
철창을 통해
기포(氣泡)가 되어
부글거리는
대기의 비말(飛沫)을
헬멧의
딱딱한
감촉으로 알아차렸다.
성급히
터뜨려지고
끓어오르는
핍박의 나날을
이처럼 완전한
에어포켓의
성채(城砦)에
부서뜨릴 때
자신의 생성이

마침내

폐어(肺魚)의 부레가 되어 부푸는 걸 알았다.

기아(飢餓)를

너끈히

해감의

해면으로

뿌리치고

고요한 감청빛 속에

움찔대는

실러캔스*의

고립된 안식이

고즈넉이

바다 속 깊숙이 켜켜이 쌓인다.

방울진 거품을

옥처럼 늘어놓고

극광(極光) 같은

바다의

일렁임 속으로 내려가는

올곧은

직선.

자중(自重)의 무게에 뻗치는

공기관 끝에서

거미줄에 매달린
번데기마냥
소생(蘇生)을 건 집념이 몸부림친다.
생활에 닳아진
손가락에
물갈퀴를 달고
내내 숨죽여 온 나날의
습성을
아가미로 바꾸어
그는 단지
변화무쌍한
유영(遊泳)을 꿈꾼다.
습지를 빠져나온 자에게
이 얼마나 갑갑한
폐어의 유장함인가!
바다 그 자체의 영유(領有)야말로
나의 소망이다!
종횡무진하는
돌고래의
멋들어진 유동(流動) 감각!
아니
돌고래의 담백성으로는 부족해.

역동적인

강치의 욕망이다!

그렇다

강치다

강치다

아니 해마다!

맘대로 고르는

여자들을

끼고

내키는 대로

벌고

낳고

놀고

민족이건

종족이건

내 알 바 아니다.

내가 내려서는 자리

그렇다!

내가 가 닿는 자리에

사냥감이 있으면 됐어!

이미 광산으로 바뀐

고래의 거처가 있다!

아아 하느님

이 세상은 얼마나 아름다운가요.

그걸 통째로 낚아챌 수가 있습니다.

이제 숫자가 아니라

덩어리째로 집어삼킬 수 있습니다.

전쟁이라고 하나

바다 건너

저편의 일.

위장으로 흘러들어 간 게

무엇으로 둔갑하건

알 바 아닙니다.

배를 채울 거리조차 못 되는

주형(鑄型)을 벗어난

수도꼭지마저

깎여 나가

폭탄이 되었다!

나의 밥줄이

어느 놈을 죽이건

밥벌이만이

여덕(餘德)이라.

동그라니 자를까

싹뚝 끊을까.

불기둥을 세워

은근히 쬐고

찌부러진 걸로

먹어 치웠나.

바다뱀이

눈을 부라리는

아세틸렌 가스의 푸른 혓바닥에

녹아내리는

썩은 고기의 향응!

기합이 필요해 —

깊이 관통하는

빛과 어둠을

피워 올려

묵직한 말(海草)에

휘감겨 있는 건

옆으로 고개 돌린 채

움푹 팬

귀로(歸路)다.

부스럼이

갈라지는

고통스런

공동(空洞)에

도깨비불은
미친 듯
파묻힌 회한을
최초의 사랑처럼 부추긴다.
뼈의 끄트머리에서
터뜨려지는
맹목의 인광이여.
들춰내는 걸로밖에
만날 수 없는
우리의 해후는
대체
어떠한 용모의
혈연에 뒤틀린 자식인가?
섬광 속에 사라진
출항이
또다시 만나는
불꽃의 반짝임을
어느 죽음의
뼈에
비추라는 것이냐!
인두를 거꾸로 세워
철제 관마저도

떼어 내는
살림의 엄니에
덮어 감출
어느 죽음의
두려운 눈뜸이
어딘가의 진창더미에 있더란 말이냐!?
깊어지는
바다의
두께 속을
응고된
침묵이
귀를 기울인다.
일찌감치
물속에 전해지는
기관총 울림에
흩어지는 건
궁지에 몰린
죽음의 항적(航跡)이다!
함정이다!
출구다!
내 먹이다!
수북한

먼지를 피워 올려
들여다본 녀석의
모가지를 낚아챈
뼈의 질주가
울타리를 빠져나간다!
소리에 매료된
물고기 떼처럼
위도(緯度)를 넘는
배의 장소로
떠오르지 않는 죽음을
분명
고국의
고동(鼓動)을 찾아
춤추며 오른다.
바다의 내장에 삼켜진
잠수부의 눈에
아침은
멀어진 밤의
열기처럼 붉다.
흐릿한 망막에 어른대는 것은
삶과 죽음이 어우러진
하나의 시체다.

도려진

흉곽 깊숙이

더듬어 가는 자신의 형상이

입을 벌린 채

산란하고 있다.

역광에

드높이

감겨 올라간 원념(怨念)이

신음하는

살베지*의 윈치*에

거무스름한

바다 속 물방울을

떨어뜨릴 때까지.

되돌아오는

거룻배를 기다리는 건

허공에 매달린

정체 모를

귀로다.

* 마이즈루 만 : 舞鶴湾, 일본 교토부(京都府)에 있는 바다.
* 우키시마마루 : 浮島丸, 종전 직후, 귀국을 서두르는 조선인들을 수송하기 위해 사용된 군용선. 1945년 8월 22일, 강제 징용된 조선 노무자 3천여 명과 동승한 조선인 가족 등 총 3,735명이 아오모리현(靑森県) 오미나토(大湊) 항에서 부산을 향해 출항했으나, 물과 식품 보급을 이유로 마이즈루 앞 바다에 닻을 내린 채 8월 24일 오후 5시경 시한폭탄에 의해 폭침되었다. 확인된 유해는 542명이고, 승선자의 절반 이상이 미확인 희생자로 남겨졌다. 현재 도쿄 메구로(目黒)의 유텐지(祐天寺)에 상당수의 유골이 보관되어 있다.
* 셔먼호 : 1866년 8월, 미국의 상인 프레스턴은 대포와 소총으로 무장한 제너럴 셔먼(General Sherman)호를 이끌고 대동강에 침투해 들어와 평양 근교의 왕릉 발굴과 무역의 개항을 강압적으로 요구하고 납치와 폭행, 약탈 행위를 일삼았다. 이 불법 침입에 분노한 대동강 연안의 주민들은 셔먼호를 불태우고 항의했다. 그러나 이 사건은 그 후(1868) 미국 정부가 손해 배상을 요구하는 구실이 되었고, 전권을 맡은 아시아 함대 사령관 로저스는 나가사키(長崎)에서 편한 5척의 원정 함대를 이끌고 강화도에 침입해 초지진, 광성진의 요새를 점령하기에 이르렀다.
* 5월 : 1948년 5월 10일의 남조선 단독 선거는 미국의 압력에 의해 강행되었다. 그해 4월 3일에 일어난 제주도민의 봉기는 미 군정하의 남조선 단독 선거에 대한 항거로, 수많은 인명 피해와 가옥의 전소 등 최악의 결과를 초래했다.
* 젠킨스 : 1865년 당시 상하이의 미국 영사관 직원. 제너럴 셔먼호의 실패 후, 미국 정부는 1868년 젠킨스에게 임무를 맡겨 조선 민족의 조상숭배 풍속을 빌미로, 남연군(南延君, 대원군의 부친) 묘를 도굴하게 했다. 이 유골을 거래 도구로 삼아 대원군이 미국의 요구를 승낙하게 했다.
* 실러캔스 : 아프리카 동남부 바다에서 발견된 물고기로, 이전까지는 6천만 년 전에 멸종된 것으로 알려졌었다.
* 살베지 : salvage, 침몰한 배의 인양 작업.
* 윈치 : winch, 감아 올리는 기계.

『이카이노(猪飼野) 시집』에서

혼자만의 아침을

너는 바라서는 안 된다

양지가 있으면 음지도 있는 법

잘대의 굿날리 없는 지구의 화전밭을

너는 멈을 일이다

네 발밑에서 해는 솟아오른다

그리고 커다란 호를 그리며

뒤편 네 발밑으로 저물어 간다

다다를 수 없는 곳에 지평이 있는 게 아니다

네가 서 있는 그 지점이 지평이다

바야흐로 지평이다

밤얼리 그림자를 떨구며

기우는 석양에는 작별을 말해야 한다

보이지 않는 동네

없어도 있는 동네.
그대로 고스란히
사라져 버린 동네.
전차는 애써 먼발치서 달리고
화장터만은 잽싸게
눌러앉은 동네.
누구나 다 알지만
지도엔 없고
지도에 없으니까
일본이 아니고
일본이 아니니까
사라져도 상관없고
아무래도 좋으니
마음 편하다네.

거기선 다들 목청을 돋우고
지방 사투리가 활개치고
밥사발에도 입이 달렸지.

엄청난 위장은
콧등에서 꼬리까지
심지어 발굽 각질까지
호르몬이라 먹어 치우고
일본의 영양을 몽땅 얻었노라
의기양양 호언장담.

그래서일까
여자의 억척은 각별하다.
절구통만 한 골반에는
네댓 자식이 딸려
하릴없이 먹고 지내는
사내 하나는 별문제.
여자가 생겨 나가든 말든
홍역 앓는 어린애 투정마냥 나 몰라라
돌아오는 건 사내려니
세상일이 다 그런 것.
사내가 사내인 것은
자식한테 큰소리칠 때뿐.
사내의 사내도 생각하면
어엿한
아비.

시끌벅적

툭 터놓고

호들갑을 떨어도

음침한 건 딱 질색

한물간 시대가 유유자적

관습 고스란히 살아남아

되돌릴 수 없는 것일수록

중히 여겨

한 주에 열흘은 줄줄이 제사

사람도 버스도 저만치 돌아가고

경관마저 드나들지 못해

한번 다물었다 하면

열리지 않는 입이라

가벼이

찾아오기엔

버거운

동네.

어때, 와 보지 않을 텐가?

물론 표지판 같은 건 있을 리 없고

더듬어 찾아오는 게 조건.

이름 따위

언제였던가.

와르르 달려들어 지워 버렸지.

그래서 '이카이노'는 마음속.

쫓겨나 자리 잡은 원망도 아니고

지워져 고집하는 호칭도 아니라네.

바꿔 부르건 덧칠하건

猪飼野는

이카이노.

예민한 코라야 찾아오기 수월해.

오사카의 어디냐고?

그럼, 이쿠노라면 알아듣겠나?

거스르는 자네의 무언가가

멀리한 악취에라도 물어보게나.

물크러진 책상은 지금도 그대로.

미처 뚜껑을 열지 못한 도시락.

색 바랜 꾸러미 고스란히

쑤셔 넣은 그 자리에 웅크리고 있지.

알고 있나?

동그마니 대머리진 듯한 터.

보이던 목덜미가 사라졌을 뿐.

어디로 갔느냐고?

결국
본색을 드러낸 거지.
그러곤 행방불명.
너도나도 똑같이 험악해져
아무도 그를 궁금해 하지 않아.
그 후.
안짱다리 여자가 길을 가로막고
일본어 아닌 일본어로
소리소리 고함치네.
어떤 일본도
더 이상 눌러 살 수 없어.
올 니혼(日本)의 줄행랑일세!

이카이노에 쫓겨
내가 도망친다.
포로 신세
닛폰(日本)이 도망친다.
구청에 부탁해
족쇄를 풀어
억지로 사들인
이카이노를 도망친다.
집이 팔려

모모다니(桃谷).
며느리를 맞아
나카가와(中川).
이카이노에 있어도
스스럼없는
일본이 총출동한
추방이다.
온 동네
김치 냄새를 틀어막고
유카타* 차림의 이카이노가
은단을 우물거리며
마실 간다.

바로 그것.
이카이노가 이카이노가 아닌 것의
이카이노의 시작.
스쳐 지나는 날들의 어둠을
멀어지는 사랑이 들여다보는
엷은 마음 후회의 시작.
어디에 뒤섞여
외면할지라도
행방을 감춘

자신일지라도
시큼하게 고인 채
새어 나오는
아픈 통증은
감추지 못한다.
토박이 옛것으로
압도하며
유랑의 나날을 뿌리내려 온
바래지 않는 고향을 지우지 못한다.
이카이노는
한숨을 토하는 메탄가스
뒤엉켜 휘감는
암반의 뿌리.
으스대는 재일(在日)의 얼굴에
길들여지지 않는 야인(野人)의 들녘.
거기엔 늘 무언가 넘쳐 나
넘치지 않으면 시들고 마는
일 벌이기 좋아하는 조선 동네.
한번 시작했다 하면
사흘 낮밤.
징소리 북소리 요란한 동네.
지금도 무당이 날뛰는

원색의 동네.
활짝 열려 있고
대범한 만큼
슬픔 따윈 언제나 날려 버리는 동네.
밤눈에도 또렷이 드러나
만나지 못한 이에겐 보일 리 없는
머나먼 일본의
조선 동네.

---

* 유카타 : 浴衣, 여름철 또는 목욕 후에 입는 무명 홑옷.

노래 하나

닭장 집을 뛰쳐나와

16년.

사내 하나 이쿠노(生野)에 돌아온다.

그 어딜 싸돌아다녀 봐도 조센(朝鮮)을 끊지 못해

종착역은

싸움질 그칠 날 없어

히로뽕, 상해와 전과가 쌓이고,

바텐더

재봉 공장

경품꾼에다

다시 바텐더.

어차피 숨길 수 없는 조센이라면

훤히 드러내 놓고

망나니짓

완행으로 올라간 도카이도(東海道)를

이곳저곳 더듬어 왔다.

영국식 콧수염만은

빼먹지 않고 멋스레 다듬어

이리저리 헤맨 끝이
이쿠노인가
사내 하나
닭장 주택으로
돌아온다.

다들 북으로
돌아갔다나.
요베 한 사람이
알아보고
모친 쏙 빼닮은
요란한 인사.
낳고 낳고
또 뱃속에
줄줄이
주머니 탈탈 털어 두 장 뽑아
치마 뒤
어린 요베에게 한턱 쓰고
이젠 집집마다 있다는 수돗물을
담배와 함께
천천히 들이키고
아마도,

변소 치는 구멍은 저쪽이었을 텐데 싶어
저도 모르게 물끄러미 지켜본 것은
옛날 그대로 수북이 쬔
칸막이 모래사장
파리 떼다.

솥바닥
비누 조각을 되끓여
거품 돈으로 피둥피둥 살진
숙부네 공장도
지금은 아파트
일찌감치
일본인인가가 되어
레저 산업에선
알아주는 얼굴이라나.
그 숙부 앞에 여봐란듯 앙갚음할 양으로
내 일생은 맨땅치기다!
홀연히
소꿉친구도 어른스레 칭찬하며,
「히노데(日之出) 회관」의
길을 물어
사내는 유유히

한 대 빨아 눌러 끄고 걷기 시작했다.

돌이켜 본다.
전후(戰後)의 난리 통.
오물 흥건한
닭장 주택.
유난히 지저분했던 건
엄청 입술
두툼한 숙부.
번지르르
일본 신부 꽃단장시켜
기어이
내 숙모를 내쫓았을 뿐 아니라
6·25전쟁 도망쳐 온
사촌형까지
내몰았다.
제기랄!
조센 그만둔 건 바로 그때.
생각만 해도
지긋지긋!

고추장 흠뻑 버무려

비빔밥 곱빼기
두 그릇 해치우고
이쑤시개 빼물고
안내를 부탁했다.
미심쩍어하는 매니저
못 본 척
쿵쿵쿵 뛰어오르다
맨 먼저 계단 층계참에서
우연히 딱 마주친 건 사장 부인.
후줄근한 표정으로
　　당신 누구!?
집어쳐!!
　　조센 있나!
하고 주저앉아
대접받은 차에
담배 꽂아 넣고,
그래 놓고
귀퉁이 걸레 자루
끌어내렸다.
코앞의 파친코 손님
나가떨어지고
잇따라

일곱 대
때려 부쉈을 즈음
경찰차
가 왔어.
그래서
이
위험한 사내
출입국 관리령에 따라
강제 송환.
　내 나라, 갈 거여!
오무라(大村) 수용소로
끌려가는 동안
그가 부른 노래는
　아리랑 도라지.
아무리 불러도
노래는 하나
　아리랑 도라지
말고는 나오지 않는다.
　아리랑 아라리요
　도라지 아라리요
사내의 노래는
파도 위

현해탄에 흔들리고 끊어지고
　　도라지 도라지
　　아리랑 도라지요

노래 또 하나

두드린다.
두들긴다.
바쁜 것만이
밥벌이 보증.

마누라에
어린것에
어머니에 여동생.
입으로 흘러드는 못질 땀을
토하고 두드리고
두들겨댄다.

일당 5천 엔
벌이
열 켤레 두드려
40엔.
한가한 녀석일랑
계산허이!

두드리고 나르고
쌓아 올리고
온 집안 나서서 꾸려 간다.
온 일본 구두 밑창
때리고 두들겨
밥 먹는다.

두드리고 두들기고
두들겨댄다.
어긋나는 우리의
도망치는 계절에
이 울분 두드리고
두들겨댄다.

봄엔 가을용 두드려
겨울 지나면
여름 불경기!
한 집안 벌이가 어떻건 간에
경기(景氣) 하나에
매달린 밥줄.
그러니 바지런히
두들겨댄다.

두드리고 두들기고
두들겨댄다.
석유 벼락부자 배 불린
빌어먹을 정치를 두들겨댄다!

어째서 우린
이 모양인가.
남한테 밟혀 밥이 되는
그런 일로 살아가는가.

발등부터 납작이 눌러
두드린다.
두들긴다.
바닥 밑창까지
두들긴다!

뼈가 운다고
어머니가 울고
아버지는 말없이
불단(佛壇) 위.

돌아갈 땅은

어디에 있나
고향이 그토록 먼 줄
어느 누가 알았던가.

두드리고 더듬어
두들겨댄다.
침묵의 아버지를
두들겨댄다.

30년 견디어
방 두 개짜리.
죽은 아버지
남기신 것.

두드리고 두들기고
두들겨 패서
풀어지려나
뼈의 시름.

두드린다.
두들긴다.
일본이라는 나라를

두드린다.
홀로 남은
조선도
울려 퍼지라고
두들긴다!

통일 기다리다
어머니 돌아가시겠지.
나는 나대로
하릴없이
늙어 가겠지.

두드려도
두들겨도
못다 두드릴
스쳐 지날 뿐인
해(年)를 두드린다.
두드리고 두들기고
두들겨 패서
밥벌이할 뿐인
나를 두들긴다.

이래도 고향보다는
낫다지.
벌이가 있어서
찾아온다지.

고뿔에나 걸려
죽어 버려!
하찮은 적선에 매달리는
그런 나라야말로
뒈져 버려!

칸코쿠* 칸코쿠
못 세 개.
엄청 기다란 놈을
갖다 세우고
단숨에 땅땅
두드린다!
툭하면
잡아넣는
창살 감옥을
두들긴다!

두드린다.
두들긴다.
악마도 악마
색안경
그놈에게 돈 대는
어르신들.

알고 있으니까
두드린다.
정치는 모르지만
알고 있다!
힘겨운 생활에
나쁜 거래.

두드린다.
두드린다.
산도 보고 싶다.
바다도 보고 싶다.
아버지의 고향
가 보고도 싶다.
이 손가락 부수어
얼빠진 듯

멍하니 푸른 하늘
바라보고 싶다.

그걸 못 해.
원망도 않아.
두드리다 두들기다
두들겨대다
골목길 해가 진다
벌이는 멀었다.
우리도 격자에
갇힌 생활이다.

두드린다.
두들긴다.
투덜댈 틈도 없다
울지도 않는다.
두들겨야지.
두드린다.
두드린다.
두들긴다.

---

* 칸코쿠 : 한국이라는 뜻.

여름이 온다

이대로 다시 여름이 오고
여름은 다시 메마른 기억으로 하얗게 빛나
발산하는 도시에서 곶(岬)의 끄트머리로 물러나는가.
염천에 메말라 버린 목소리의 소재는
거기선 그저, 나른한 광장의 이명(耳鳴)이며
십자로를 울리는 배기음이 되어
선글라스가 지켜보는
뿌연 오후의
스치는 광경에 불과한 것일까.
허공에 아우성은 끊기고
이글거리던 열기도
아지랑이일 뿐인 여름에
벙어리매미가 있고,
개미가 꾀어 드는
벙어리매미가 있고,
반사되는 햇살의
통증 속에서
한 가닥 선향(線香)이

가늘게 타오르는
소망의
여름이 온다.
여름과 더불어
가 버린 세월의
못 다한 백일몽이여.
주름진 얼굴의
사랑이여,
외침이여,
노래에 흔들린
새하얀
소나기구름의
자유여.
여름이 온다.
무심히.
온전히 잃어버린
여름이 온다.
아직도 남았는가.
늙은 사람의
젊은 날.
젊은 사람의
늙는 앞날.

무엇이 건네지고
무엇이 남아
그는 가는가
그는 죽는가.
미움만이 이리도 많아
이를 갈면서
뼈단지에 들어간다.
무엇이 한(恨)인가.
맨드라미의 목마름도
모르고 지난
가진 것 없는 사랑의
여름이었노라고
염열(炎熱)에 일그러진
사내가 온다.
시간을 거슬러
한 걸음
한 걸음
소개도로(疏開道路)의 저편에서
숨 막히는 풀숲의 열기를 헤치고, 다가온다.
이곳엔 아마
30년 후이리라.
여름은 이처럼

냉방 바깥에서
뜨겁게 달아오르리.
그때도 여전히
여름은 여름이런가.
여전히 누군가
알고 있는 그를 알 수 있을런가.

그림자에 그늘지다

그늘진 여름을 모르리라.
빛에 얼룩진
깊디깊은 여름을.
찬란히 빛나면서
뿌옇게 흐린
햇살 속
그늘의 방사(放射)를.
황색 여름
하얀
기억을.

눈을 감아 보라.
떠오르는 무엇이 있는가.
하늘인가.
바다인가.
우뚝 솟은 도시의
소리 없는 휘황함인가.
아니면 저 멀리

내다보이는 마을의
흐릿한 숲인가
붉은 도리이*인가.
구름은 어디서 뭉게 피어올라
매미는 어느
인공 호수의
표피를 기어올라
울음 우는가.

어느 때건
그뿐이다.
그것이 너의
눈으로 보는 세월이다.
겹겹이 여름을 거듭해도
기억은 늘
잔상만을 자연에 그려 낸다.
역광 앞에서 번쩍이는 것까지
네게 낯선
자연은 없다.
하지만 거긴
이미 태고의 영토다.
닳아진 반짝임 속에서라면

단지 넌
표백되는
그늘이다.
거기서 옅어져
사라진다.
이제 곧 시각표라도
넘기고 있겠지.
어정쩡한 시간일랑
가벼운 여행에도 있는 법.
우선은 맑은 날 아침
8시 15분.
맨다리 드러낸 채
배낭.
온통 속속들이 훤한
여름이다.
그 여름이 그늘진다.
나의 반신(半身)으로 그늘진다.
하필 슬쩍 엿본 아침이
정오였으므로
밤과 낮이
마침내 백주 대낮에
고정되고 말았다.

터뜨려지는 시간을 미처 빠져나오지 못한 채
어디를 어떻게 향한들
나의 삶은 내 그림자로만
숨 쉬게 되어 있다.
하여 나는
남중(南中)의 사나이.
내가 있음으로 해서
백주(白晝)이며
내가 백주의 증거인
그늘이다.
나는 그늘 속에서
때를 알고
밤으로 녹아들어
때를 잃는다.
가령 32년은
잃어버린 시간의 그림자다.
염열에 일그러져 사라진 환호도
잠깐의 해방에 들뜬 백일몽도
남중의 그늘에 스며든 그림자였다.
하여 대낮의 그늘을 쉬 알아챌 수 있다.
이글거리는 염천에 있으면서
원경(遠景) 저 건너편에서 다가오는 것이

나의 그늘진 여름임을 알 수 있다.
정말로 나는
오전 내내 어둠 속에 있던 사내다.
아무런 전조도 없이
회천(回天)은 태양 틈새에서 내려온 거였다.
돌연 피어오른 열풍에
냅다 눈이 멀어 버린 밤의 사내다.
나의 망막에는 그때 이후 새가 깃들었다.
날마다 초록 날개를 펼쳐
그윽이 빛나는 여름을 그늘지운다.

그림자가 떨어진다.
깊디깊은 여름을 돋우어
그늘지는 여름을 반짝거리며 떨어진다.
위도(緯度)를 찢은 흙먼지가
머리카락에 엉겨 붙은
풀잎이
운모도 찬란히
공중에서 떨어진다.
그림자까지 불태운
섬광이 속임수다.
피해자뿐인 순난(殉難)이 있고

나를 눈멀게 한

나라는 없다.

있는 건 그림자 속

나의 그늘이다.

고요히 아름답게 빛나는 일본의 여름을

말갛고 아련한 기억의 뒤안을

시달리다 끝내 바다의 여울에서

아이는 또다시 물에 빠졌다지.

그 아이의 부모에게

여름은 전부.

기억만이 계절이 되어

공양(供養)뿐인 여름이 돌아온다.

어디까지나 불운했던 불행의 애도(哀悼).

백중맞이 여름의

피안화(彼岸花).

네게도 바다는

여전히 푸른가.

저 멀리 산은

아득한 도시는

화창한가.

청명한가.

---

* 도리이 : 鳥居, 신사의 입구에 세운 기둥 문.

『광주시편』에서

혼자만의 아침을
너는 바라서는 안 된다

철매 어긋날 리 없는 지구의 화전마을
양지가 있으면 음지도 있는 법
너는 믿을 일이다

네 발밑에서 해는 솟아오른다
그리고 커다란 호(弧)를 그리며
뒤편 네 발밑으로 저물어 간다

다다를 수 없는 곳에 지평이 있는 게 아니다
네가 서 있는 그 지점이 지평이다

바야흐로 지평이다
길어리 그림자를 떨구며

기우는 석양에는 작별을 말해야 한다.

바람

동그란 들쥐의 눈을 스쳐 지나
바람이 강변을 건넌다.
물가의 벋은씀바귀 납작이 엎드리고
연노랑 씀바귀 꽃대궁이 넘실거리며
이른 계절이 영산강 언저리를 맴돈다.
구부정한 과거의 키보다 낮게
바람이, 기우는 그림자를 돌려 깃들었다.
거기선 빛조차 바람에 날려 터지고
주검마저 날개를 곤두세워 퍼덕인다.
어딘가의 목소리를 잎새에 꼬옥 조이고
종일토록, 가냘프게 빗질하는 것도
그 언저리다.
더 이상 말(언어)이 말이 아닐 때
거기가 어딘지를 묻는 일도 없으리.
치켜든 손 틈으로조차
바람은 손가락을 물들여 퍼져 나간다.
진정 강이, 평야를 가로질러 뻗어 나 있다면
바람은 하늘 아래 솟은 봉우리에서 왔으리.

머얼리 지평을 뒤흔들어
비업(非業)의 때를 더듬는 것도
그 바람이다.
살랑이는 한 가닥 풀잎에
만약, 솟구치는 마음이 있다면
바람에 스치는 심중을 헤아릴 수 있으리.
손을 맞잡고서도
오열은 잦아드는 바람일 뿐.
조문(弔問)은 아직, 몰아치는 저 바람 속에.
이제 먼 천둥이 울리고
강변을 때리는 비가 뿌리리.
짙은 연둣빛이 기다란 제방을 밝히고
새싹은 황무지를 뒤덮어
뒤뜰의 여윈 무궁화에도 돋아나리.
갓 찧은 쑥 내음
밥상 위에 번질 때
숨 막히는 아지랑이는 강변을 이글거리고
향내 나는 연기로 피어올라 평야를 흐르리.
바람은, 끝없는 상(喪)의 제례.
계절을 불러일으키는 바람이 바람 속을 휘감기에
바람에 날리는 것이 어느 계절인지 아무도 모른다.
그저 지나는 바람의

텅 빈 틈을 느낄 뿐.

아가미가 흔들린다.

쥐가 내달린다.

다투는 계절에도

바람은

바람의 틈새에서 소리를 지른다.

뒤엉킴

펄럭이고 있다.
새하얀 만장(輓章)이 물결치며
서리 맞아 찌푸린 하늘을 부추겨 울고 있다.
펄럭펄럭 몸을 뒤틀고는
허공을 히이이잉
쥐어짜는 목소리 안간힘으로 몸부림친다.
출렁이다 튀어 오르고
휘어졌다 넘실대며
털어 낸다.
두들겨댄다.
언제 끝날지 모르는 비분(悲憤)의 통증을
공중에 드러낸 채 펄럭이고 있다.

얼마나 더 흐르는 시간을 가져야
시절은 바람에 절로 나부끼는가.
나날이 눈 깊숙이
뒤엉켜 있는 건 기억의 떨림이다.
무수한 가는 실이 망막에 헝클어지고

털끝이 눈구멍에서
허공을 되감으며 뻗어 나간다.
잴 수 없는 거리의 깊이를
시간이, 시간이, 머리카락 풀어헤치고 뻗어 나간다.
더 이상 아무것도 보일 리 없는 눈에
그 누가 올렸나 만장 하나
펄럭펄럭
하늘 끝 한 점을 뒤틀며 울고 있다.

아직 있다고 한다면

아직 계속 살아가는 게 있다고 한다면
참고 견딘 시대보다도
한층 무참한 부서진 기억.
그걸 되살리는 동공(瞳孔)인지도 모른다.

이 서리 내린 날에
아직 죽지 않은 무엇이 있다고 한다면
연신 빼앗은 복종보다도
한층 원망스런 창백한 인종(忍從).
탄피가 녹슬어 있는 산딸기의
붉은 복수인지도 모른다.

아직 있다고 한다면
그건 피 묻은 돌의 침묵.
아니 돌보다 짙은 의식의 결정(結晶).
양지에서 녹기 시작하는
그 빈모(貧毛)의 점액인지도 모른다.

그리하여
메마른다.
사물의 모양을 잃고서 알게 되는
첫사랑의 형상이다.
아직 썩지 않은 머리카락을 나부끼며
그리하여 봄은
나의 깊은 잠 밑바닥에서도 뿌옇기만 하다.

그럼에도 아직
가없는 회한이 있다고 한다면
해는 변함없이 총구 끝에서 반짝이고
바다는 요동치고
구름은 흐른다.
그날 솟구쳐 오른 채
새파란 하늘에 박힌
나의
겨자씨.

스러지는 시간 속에서

거기엔 늘 내가 없다.
있어도 아무런 지장 없을 만큼만
나를 에워싼 주변은 평온하다.
사건은 으레 내가 없는 사이 터지고
나는 진정 나일 수 있는 때를 헛되이 놓치고만 있다.
누군가 속여서가 아니다.
얼핏 한눈 판 순간
바늘은 소리 없이 미끄러진다.
시선을 떨어뜨린 괘종시계가
태연히 알리는 바로 그 시각이다.
그리하여 밤은 가라앉은 늪이다.
웅크리는 게 안식인 듯
실러캔스의 선잠이다.
깊이 잠들면 시대도 끝나겠지.
끝나 버린 시대에 가로누워
깨어나고픈 잠이겠지.
남겨진 채
놓쳐 버린 채

흔들리는 눈을 껌벅거리며
빤히 응시하는 건 나.
젖빛에 어둠을 드리우고
단숨에 시간이 스러진다.
왠지 보이는 건 그뿐.
번데기가 보는 흐릿한 세계가 번진다.
나 자신이 바로 껍질 속.
그 뜨거운 햇살의 난무로 부화한 건
나비였나.
나방이었나.
기억조차 못할 만큼 계절을 삼키고
터져 나온 여름의 내가 없다.
늘 거기엔 내가 없다.
광주는 진달래로 타오르는 피의 외침이다.
눈꺼풀 안에서 흐려지는 시간은 희다.
36년을 거듭해도
여전히 놓치고 마는 나의 때가 있다.
저 멀리 내가 스쳐 지난 거리에서만
시간은 활활 불꽃을 세워 흘러내린다.

뼈

날이 간다.
나날이 옅어져
날이 온다.
새벽이나
해질녘
덜컹 판자가 떨어지고
빗줄이 삐걱거리고
5월이 끝난다.
스쳐 지나는 것만이 세월이라면
자네,
바람이야
바람.
산다는 것조차
바람에 쓸리는 거지.
투명한 햇살 그 빛 속을.

날은 간다.
나날은 멀어지고

그날은 온다.
변비의 폐기(肺氣)가
늘어진 직장을 똥이 되어 흘러 떨어지고
검찰 의사는 유유히 절명을 알린다.
다섯 청춘이 매달려 늘어진 채
항쟁은 사라진다.
범죄는 남는다.

흔들린다.
흔들리고 있다.
천천히 삐걱대며 흔들리고 있다.
나락의 어둠을 빠져나가는 바람에
다갈색으로 썩어 가는 늑골이 보인다.
푸르딩딩 짓무른 광주의 청춘이
철창 너머로 그걸 보고 있다.

누군가를 아는가.
잊을 리 없건만
기억할 수 없는 이의 이름이다.
날이 지나고
날이 가서
그날이 와도 옆어진 채

흔들리며 지내는 인생이라면

자네,

바람이야

바람.

죽는 것마저

실려 가는 거야.

올려다볼 수 없는 햇살 속을

그래, 그렇고말고

광주는 와자지껄한

빛의

어둠이다.

입 다문 언어

— 朴寬鉉에게

때로 말(언어)은
입을 다물어 표정을 짓기도 한다.
표시가 전달을 거부하는 탓이다.
거절의 요구에는 말이 없다.
다만 암묵이 지배하고
대립이 길항한다.
언어는 이미 빼앗길 사상(事象)에서조차 멀어졌고
의미는 완전히 품어진 단어에서 박리된다.
의식이 눈을 응시하기 시작하는 건
바야흐로 이때부터다.

맨몸을 의지로 대신한 사내가 죽었다.
육체로밖에 갚을 수 없는
단 하나의 요구를 살았기 때문이다.
죽음 말고는 더 이상 잃을 아무것도 없는 자에게
죽음은 죽음을 죽음답게 하는 살아 있는 증거의 전부였다.
제압은 평온을 의미하지 않는다.
폭력은 기억까지는 못다 깨트린다.

광주는 요구이며

거절이며

회생이다.

하나에 겹쳐진 복합의 의미를

어떠한 힘이 꺾는다는 것인가.

자를수록

한결 선명해지는 건 새로운 단면이다.

떳떳한 생을 내걸어

사내는 벽 속의 평온을 끊었다.

음식을 끊고

협박을 끊고

불성실을 끊고

생명을 끊었다.

시들어 죽은 죽음이 아니라

굶주린 아가미로 압제의 썩은 고기를 처넣은 죽음이다.

죽음에도 또한 죽음을 거부할 죽음이 분명히 있다.

이 밤의 깊이는

부끄럼 없이 죽은 젊은이의

원통한 마지막 숨을 거둔 검은 장막.

고즈넉이 창문을 열어 젖혀

밤으로 살포시 입술을 포갠다.

나라가 온통 어둠에 있고선

감옥은 스며 나오는 빛의 상자다.

---

* 박관현 : 전남대 전(前) 학생회장. 광주사건에 연루되어 징역 5년의 판결
을 받고 광주 형무소에 수감되었다가, 광주사건이 지닌 '의거'의 정당성
과 군에 의한 시민 학살에 항의하여 40일 동안 단식 투쟁을 결행. 1982년
10월 11일 밤 절명. 서른 살이었다.

옅은 사랑, 저 깊은 어둠의 나날이여

아직도 꿈을 꾸려 하십니까?
내일은 끝없는 오늘을 거듭하여 내일이건만
내일이 아직 오늘이 아닌 빛으로 출렁인다는 말인가요?
오늘을 보내듯 새로운 해(年) 안으로 들어서지 마세요.
한낱 재바르게 노성(老成)하는 나날을
그리도 수월케 받아들이지 마세요.
다가오는 내일이 다 내일은 아닙니다.
나날을 견디어 마알간
아득히 잊혀질 사랑이기도 한 것을.
가 버린 해에 눈을 뜨세요.
영리한 자족(自足)에 얽혀 흘러간
오늘이 아닌 오늘의 어제를 들여다보세요.
그것이 당신이 품어야 할 어둠입니다.
들여다보세요. 들여다보세요. 또다시 바뀔 해 앞에서.

그렇습니다. 해는 가게 마련입니다.
기다리지 않아도 되는 해를 기다려, 쌓여 가는 해가 그래서
있습니다.

그러므로 세월이, 지나지 않아도 되는 세월 속에서 옹이가 박히고

누렇게 옅어진들 거스러미 하나

과거가 남기는 세월은 없습니다.

그러니 그만두세요.

기다릴 뿐인 내일이라면, 지금 당장 걷어치워요.

내일이 고스란히 오늘이라면

다가올 내일이 당황스럽습니다.

그래도 내일이 전부입니까?

기다릴 것 없는 내일을 기다려

오늘의 오늘을 잃어버리렵니까?

태양이 집니다.

지평의 저편은 이미 아침 햇살이 넘칩니다.

떠올려 보세요. 떠올려 보세요. 어디서 하루가 불타올랐는지를.

분명히 있었습니다. 타오르는 열기로 일렁인 날이.

살아갈 근거를 내일에 발견한

오늘이라는 오늘도 있기는 했습니다.

기억 밖에서 우묵하니 빛나는

머언 신기루의 날에 있었습니다.

모든 것이 스쳐 지나 버린 옛이야기입니다.

기다림마저 조각나, 어느 결에 등 돌려 버린
나날 속 하얀 시간입니다.
이젠 누구와도 나눌 수 없는,
끝내 함께하지 못한 날인지라
아픈 날도 오지는 않으리.
닫은 마음에 꽂히는 아침은
오지 않으리. 오지 않으리.
내일과 함께 오지 않으리.

하도 오랜 시간이 지나, 하도 많이 놓쳐 버린 탓에
오늘은 언제나 그저 지나가는 날이었습니다.
광경이 그려 내는 풍경처럼
낮은 낮의 햇살의 능선을 기울이고
사계는 사계의 계절만을 그려 내며
황도*가 던지는 빛 그림자에 녹아들었습니다.
기억할 여름도 없이, 괜스레 뻣뻣한 아집이 돋아나
옹졸하게 속되게, 불신에 무르익는 반목의 시간이 굳어졌
습니다.
그리고 시간은 응고되었습니다.
흐르는 세월에 정체되어, 어제의 오늘이 파고들었습니다.
잇는 세대가 다시금 세대를 잇기 위해선
오늘만이 그들에게 주어진 내일입니다.

젖먹이의 천진난만한 아침을 걸고

생각해 보세요. 생각해 보세요. 새로이 밝아 오는 아침 앞에서.

무엇이 있다는 말인가요?

오늘이 오늘이었던 무슨 증거가, 당신의 오늘에 있었던가요?

답례의 미소였나요? 뒤틀린 혐오의 앙갚음이었나요?

되돌린 발길이 아닌, 그럼에도 갈구한 손이었나요?

만날 수 없이 경계진 그곳과 여기에서

나눌 수 있는 한마디 말인들 보냈습니까, 받았습니까.

동포와 교포는 어떠한 밤, 어떠한 침묵으로 누그러졌기에

똑같은 이름이 맞붙어 싸우는, 일상의 삐걱거림이 사라졌나요?

그리도 방편으로 재일(在日)을 구사하며

그래도 불행은, 일본살이가 원수인가요!?

그만둡시다. 남의 탓으로 견딘다는 말은.

저 깊은 어둠에 눈을 돌린 채, 메마른 조리(條理)의 아가미만 붉거진

치사한 정의는 내다 버립시다. 숙달된 손놀림 솜씨 같은.

모든 것은 길들임이 무너뜨린 서자(庶子)입니다.

짓눌린 못난이

굵힌 사랑의 뒤틀림입니다.

원망마저 다듬어지고, 소망마저 옅어져 버린

분명 주문(呪文)의 세월입니다.

36년이 한이라고, 다들 투덜거렸습니다.

더 이상 푸념할 것도 없는, 멍한 세월을 무어라 할까요?

주어지는 것만이 자유였던, 허물껍데기의 해방은.

그래도 기다려야 할 내일이겠지요?

철창에 시드는 젊음이 있고

화상에 짓무른 신음이 있어도

봄은 기꺼워, 해(年)는 해마다 이을 아침을 보내 주겠지요?

머잖아 산월(産月)이 채워집니다.

흩어져 버린 36년을, 너끈히 덧붙일 만한.

이젠 돌아오지 않겠지요. 조국이 기도였던, 저 싱그러운 연
둣빛 계절은.

모든 것이 바뀌어

마음이 한데 모였던, 원망의 나날마저 멀어졌습니다.

한참을 기다릴 내일일지라도

변할 것부터 변해 버린, 내일은 똑같은 어제의 오늘이겠지요

기다렸다 잃어버린 머언 후회입니다.

뒤돌아볼 것도 없는, 억눌린 사랑의 그늘입니다.

볼 만큼 보았습니다. 지날 것을 지나지 않고, 그저 지날 뿐인 나날을 지나왔습니다.

주의(主義)는 늘 민족 앞에 있었기에

사상에 넘겨지는 동족에는, 못내 아파하지 않았던 세월이었습니다.

그것이 흔들립니다. 차가운 가슴에 푸른 불꽃이, 깊은 상처 안에서 일렁입니다.

응시합시다. 지금은 고요히 저 깊은 어둠을 채울 때입니다.

어쩌면 보복당해야 할 무엇에, 순일하지 못한 조국이 있는지도 모릅니다.

응시합시다. 응시합시다. 품어 안은 어둠의 끓어오르는 불길로.

---

* 황도 : 黃道, 지구 편에서 태양의 궤도처럼 보이는 큰 원.

『계기음상(季期陰像)』에서

혼자만의 아침을
너는 바라서는 안 된다

양지가 있으면 음지도 있는 법
절대 어긋날 리 없는 지구의 화전민들

너는 믿음 일이다
네 발밑에서 해는 솟아오른다

그리고 커다란 흑점을 그리며
뒤편 네 발맞은로 저물어 간다

네가 서 있는 그 지점이 지평이다
다다를 수 없는 곳에 지평이 있는 게 아니다

바야흐로 지평이다
붉으리 그림자를 떨구며

기우는 석양에는 작별을 말해야 한다

풍선이 있는 장소

도시 변두리에는 새로 놓일 다리가 있고
방에는 아이한테 버림받은 풍선이 나뒹굴고 있다.
다리가 강 저편을 잇는 의지라면
날지 않는 풍선은 틀어박힌 하늘이다.

얼마만 한 흔들림을 무게의 양으로 바꾸었기에
철골이 뒤틀리고 포장마차의 콘크리트 뼈대는 휘었는가.
땅 흔들리는 울림에 활짝 열어젖힌 길의 연결이 다리라면
풍선은 어디서 아이에게 하늘을 내주어야 하나.

사랑했다고는 말하지 마라.
하늘이 높으면 이곳 살이는 그만큼 깊은 나락이다.
술렁이는 거리에서 꾸며지는
누군가를 사랑했다고는 이제 말하지 마라.

치솟은 하늘이 있고
건널 수 없는 길이 있다.
네게도 보이느냐

다리 한가운데 서성이는
저 하얀 지팡이 짚은 사람.

새

새가 건넌다.
꿈속에서조차 비어져 나온 거대한 새가
점경(點景)이 되어 허공을 날고 있다.
아래 위 어둠의 주름을 밀어젖히면서
무리 짓지 않는 하나의 의지가
추락하는 때를 새벽의 극점을 향해 이끌고 있다.
영차영차
새의 날갯짓은 기압의 변(辯)이다.
대기의 어둠을 휘젓는 이 비상(飛翔)에
다가올 세월은 이미 없다.
새가 가 닿을 광음이 있을 뿐이다.
지구를 감싸고 있는 건 실은
이 비상의 물결이다.
그것은 하늘의 수맥이 되어
천애(天涯)로 새를 향하게 한다.
어둠을 쪼는 부리 맨 끝에서
이처럼 해(年)는 서서히 밝아 온다.
저무는 해가 해 안에 있는 게 아니다.

내일

더 이상
거기 머뭇대지 마라.
깜박하다 떨어지는 게 바로 그곳이려니.

아무튼 떠나라.
다다를 데 없는 그 지점에서 일어서라.
그것이 소생이다.

이제 더 이상
거기 기다리지 마라.
그것이 나무다.

사람은 다 똑같다 말하는 사람이여.
약삭빠른 입
그것이 구멍이다.

더 이상, 더 이상
말을 보태지는 마라.

그것이 벽이다.

그럼에도 똑같다고
다시 말하라.
그것이 꽃이다.

보이지 않는 것에도
가슴은 뛴다.
그렇게 바람은 스쳐 지난다.

망각의 저편에
조각난 아침이 흩어져 있다.
하여, 후회는 언제나 새롭다.

그렇다고 상관할 건 없다.
이제 더 이상 거기 머뭇대지 마라
그것이 내일이다.

『화석의 여름』에서

혼자만의 아침을
너는 바라서는 안 된다

양지가 있으면 음지도 있는 법
철새도 엇날리 없는 지구의 화전민을
너는 믿을 일이다

네 발밑에서 해는 솟아오른다
그리고 커다란 호(弧)를 그리며
뒤편 네 발밑으로 지물어 간다
네가 서 있는 그 지점이 지평이다

닿다를 수 없는 곳에 지평이 있는 게 아니다
바야흐로 지평이다

기우는 석양에는 작별을 말해야 한다
뿔뿔이 그림자를 떨구며

예감

밤의 정적을 깨고 전화가 울린다
누군가 다급함을 알리는데도
거리의 창은 입을 다물었다

바로 어제
그 거리를 빠져나가는 나비를 보았다
혼잡 속을 꽃잎처럼 누벼
잘려 나간 가로수의 드러난 목덜미를
서성이며 건넜다

대낮 한복판에서조차
목소리는 그 언저리에 한데 엉기었다
그것이 일시에 오그라들어
목소리는 오히려 그만 사라지고 말았다
말하고 또 말해도 마침내 입을 닫을 수밖에 없는
넘치는 빛 속의 침묵이었다

그건 분명

하얀 의지의 꽃잎이었을 게다
힘껏 내저을 수밖에 없었던 자의 전율이
눈(眼) 속을 미처 지나지 못한 채 떨고 있다

어느 창 어느 깊숙이
깊은 밤 찌르릉
전화가 울린다

똑같다면

고국과 일본
나 사이에 얽힌
거리는 서로 똑같다면 좋겠지

사모와 견딤
사랑이 똑같다면
견뎌야만 하는 나라 또한
똑같은 거리에 있겠지

어제의 오늘이 지금이며
지금이 고스란히 내일이라면
미래도 과거도 지금 이 순간 살아 있다 말할 수 있겠지

세대가 바뀌고 시대가 변해도
풍습 한 가지나마 서로 나눈다면
타향에도 뿌리내린 고향이 있었노라
나 자신에게 말해도 좋겠지

멀어진 나라가 똑같다면
한가위 쳐다보는 달도 똑같겠지
천년의 소원을 비는 달맞이 소망이 똑같다면

화신(化身)

가령 번데기에서 빠져나오지 못한 나비가 있어
나뭇가지 그대로 말라 버렸다 한들
날개는 서서히 절반의 몸인 채로 바람과 어우러지고
주변에 비상(飛翔)을 꽃가루처럼 흩트리며
잎새 깊숙이 스러지겠지

하여, 나비의 부서진 조각은
이미 나비이기를 바라지 않는다
춤이나 장식 이 모두에서 스스로 물러나
흔들리는 대로 그 자리를 줄곧 지키며
오로지 자신의 입멸을 응시할 뿐

위엄을 갖춘 표본의 진열로부터
아이가 흔드는 곤충망의 정서로부터조차
비상의 화신은 완고하게 입을 다물고
한결같이 나비일 수 있었다는 사실에 메말라 간다
소리 하나 떨리지 않는
허물로 남아

얼룩

얼룩은
전조(前兆)의 표징이다
어디건 간에
일단 번졌다 하면
한 점 명확한 의지로 자리를 차지한다

얼룩은
요란한 겉치레를 즐기지 않는다
그 자체의 오점(汚點)인 듯한 처우에는
얼룩 자신의 내력이 동조하지 않음이다

얼룩은 흔적이 눌러 박힌 신념이다.
번져 나간 표상에만 집착해
비렁뱅이의 개선을 비웃고 산다
강조는 이처럼 말없는 것이기도 하다

그러기에 얼룩은
한 패거리 짓는 묵계로도 된다

의외로 바로 지척에서 점잔 빼며
눈동자 하나를 수월히 낚아챈다

치켜 오르는 처마 끝에서라면
끝내 종유(鍾乳)의 물방울로도 되었으리
어쩌다 거꾸로 융기하여
도시의 붕괴에는 통증조차 못 미치리

얼룩은
규범에 들러붙은
이단(異端)이다
선악의 구분에도 자신을 말하지 않고
도려낼 수 없는 회한을
말(언어) 속 깊숙이 숨기고 있다

화석의 여름

돌인들 생각에 잠겨 꿈을 꾼다.
사실 내 가슴속엔
그 여름날 터져 나온 아우성이
운모 조각처럼 응어리졌다.
돌이 된 의지가 부서진 세월이다.
양치식물이 음각(陰刻)을 새긴 건
돌을 끌어안은 고생대의 일이다.
군사경계선이 놓인 잘록한 지층에선
지금도 양치식물이 태고의 모습으로 얽혀 있다.
꿈마저   그곳에선
화석 속의 곤충처럼 잠들어 있다.
그 돌에도 스치는 바람은 스친다.
그리하여 어느 날   참으로 불쑥
탄화한 씨앗이 움틔운 가시연꽃을 보듬어
오랜 침묵을 한 방울의 목소리로 바꾸는 바람이 된다.
그늘진 계절은   마침내
바람 속에서 퍼져 나간다.

가장 먼 데 서 있는 한 그루 나무에
하루는 소리 없이 꼬리를 끌며 사라져 갔다.
새가 영원의 비상을 화석으로 바꾼 날도
그렇게 저물어 덮이었다.
수많은 날들 해가 지고
만날 수 없는 손이 아쉬운 석양을 고향 사투리로 가리며
말 더듬는 자의 등 뒤에서
바다는 고요히 하늘과 만났다.
이미 입멸의 때를 우리는 갖지 않는다.
온갖 반목(反目)이 불길로 타올라
연분홍빛으로 엷어지는 어둠의 침전을 우리는 알지 못한다.
시커먼 체념은 돌로 돌아가
바로 그 돌에 소망은
꽃잎 한 장으로 박혀야 한다.
생각하면 별인들 돌의 허상에 불과한 것.
화구호(火口湖)처럼 내려선 하늘 깊숙이
홀로 남몰래 가슴의 운모를 묻으러 간다.

여기보다 멀리

내가 눌러앉은 곳은
머언 이국도 가까운 본국도 아닌
목소리는 잦아들고 소망이 그 언저리 흩어져 버린 곳
애써 기어올라도 시야는 펼쳐지지 않고
깊이 파고들어도 도저히 지상으로는 내려설 수 없는 곳
그럼에도 그럭저럭 그날이 살아지고
살아지면 그게 생활이려니
해(年)를 한데 엮어 일년이 찾아오는 곳

거기선 모든 게 너울거리고 떠들썩한데
소란 끊긴 여기는 바람 한 점 없다
그런데도 한결 흔들리고 있는 건 바로 나
바람은 어쩌면 깊은 사념 속에 살랑댔는지도 모른다
나 자신 끝없는 희구의 요람인 것을
내가 흔들리고 내가 흔들고 성장하는 나를 내가 기다린다
그렇듯 시절은 내게서 멀어
유독 내게 멀찍이 동떨어져 머언 현재도 아니다

애당초 눌러앉은 곳이 틈새였다
깎아지른 벼랑과 나락을 가르는 금
똑같은 지층이 똑같이 움푹 패어 마주 치켜 서서
단층을 드러내고도 땅금이 깊어진다
그걸 국경이라고도 장벽이라고도 하고
보이지 않는 탓에 평온한 벽이라고도 한다
거기엔 우선 잘 아는 말(언어)이 통하지 않아
촉각 그 심상찮은 낌새만이 눈과 귀가 된다

내가 눌러앉아 버린 자리는
백년이 고스란히 생각을 멈춘 곳
백년을 살아도 생각에 잠기는 날은 아직
어제 그대로 저물어 가는 곳
고국에 머얼리 타향에 머얼리
그렇다고 그토록 동떨어지지도 않은
늘상 되돌아오는 지금 있는 곳
여기보다 멀리   보다 바로 여기에 가까이

불면(不眠)

메말랐다
꿈에서마저 일상이 넘쳐난대야
굳이 눈뜰 일 없는 나날이다

차라리 잠일랑 내팽개쳐 두고
꿈은 눈을 뜬 채 꾸기로 하자
서서히 다리가 뻗치고
그 끝에서 촉수 같은 흰 뿌리가 내리는
겨울 양귀비다

조여드는 냉기마저 아랑곳없이
어둠을 뚫고 받침대를 세워
밤보다 짙은 화관(花冠)을 심야에 새긴다

아무도 봐주지 않을 꽃이 꽃피운다
아득한 나의 지조 속에서 피어난다
무심히 그저 굴거리나무만 한 삶이고자 했건만
주의도 사상도 옹고집도

모노크롬으로 한결 선명해진다

역시 메말랐다
메마른 꿈에 주름진 것이 나이(齡)다
하여, 후회는 밤눈에도 푸르스름하니 뿌옇다

이제 빛이 아침이라는 말은 내게 없다
얼어붙은 뿌리가 가령 교목을 키웠다 한들
내게 신기함은 되살아나지 않는다
밤새 바람이 질주하고 나무들은 목청껏 소리를 내지른다
　소리도 없이 꽃술을 흩어 아리땁지도 않은 꽃이 내 안에서
흔들린다

반목(反目)은 잠도 주지 않는 도깨비불이다.
　밑둥치에 주저앉아 눈을 껌벅이고 있는 건 바로 나다
　놓쳐 버린 꿈이 밤의 심지에서 물끄러미 응시하고 있다

산

이런 밤 뱀은 어찌 지내려나

비 오는 날
바람 부는 날
울적한 날
뱀은 어디서
어떤 품새로 뾰족한 대가리 쳐들고 있으려나

도시가 무너진 날
화염에 쫓기던 날
마음이 허기져
기어코 벗이 미쳐 버린 날
책상 한 귀퉁이에서 해고(解雇)를 견딜 때
잠자코 놓인 어머니의 얇다란 편지에 눈길 머물 때
아내가 말문을 닫고
괜스레 고향이 멀어질 때

뱀은 어찌 지내려나

번득이는 눈알은 어딜 응시하고
낌새의 무엇을 붉은 혓바닥은 더듬으려나

들썩이는 깊은 이 밤
수백 수천의 뱀을 품어
물어뜯긴 대지의 독(毒)은 없는가
산이여

이카이노 다리

아버지는 손에 이끌려 건넜다
여덟 살 때.
나무 향 풋풋한 다리
강물 위에는 무수한 별이 떨어져 있었다.
전등불 환히 눈부신 끝자락 일본이었다.

스물둘에 징용당한
아버지는 이카이노 다리를 지나 끌려갔다.
나는 갓 태어난 젖먹이로
밤낮을 뒤바꾸어 셋방살이 엄마를 골탕 먹였다.
소개(疏開) 난리도 오사카 변두리 이곳까진 오지 않고
저 멀리 도시는 하늘을 태우며 불타올랐다.
나는 지금 손자의 손을 잡고 이 다리를 건넌다.
이카이노 다리에서 늙어 대를 이어도
아직도 이 개골창 그 흐름을 알 수 없다.
어디 오수가 이곳에 썩어
어느 출구에서 거품 물고 있는지
가 닿는 바다를 알지 못한다.

오직 이카이노를 빠져나가는 것이 꿈이었던

두 딸도 이젠 엄마다.

나도 바로 예서 마중 나올 배를 기다려 늙었다.

그래도 머잖아 운하를 거슬러 하얀 배는 다가오리.

사랑해 오사카

모두가 사랑하는 오사카, 변두리의 끝 이카이노

돌아가리

그럼 다녀오기로 하자
메울 수 없는 거리의 간격을
손으로 더듬어 눈여겨보기로 하자

먼 데 바라볼수록
석양은 언제나 산자락에 걸리고
저 너머 구름 끄트머리에도
함초롱히 저무는 바다가 있어
한달음에 내달아 무엇이건
나는 타 넘어 건넌다

풍토조차 세월에 나부끼는가
늘상 울어대는 저 솔바람마저
서낭당에서는 이미 속삭이지 않는다
내게서 도망친 세월은 여전히 원경(遠景)으로 매달렸는데
못내 망향을 들썩이는 나를 닮았다
그리고 모든 것은 바라보는 위치에서 사그라졌다

그래도 나가 봐야지
누렇게 뒤엉킨 기억이
어쩌면 아직 그대로 그 자리에 바래고 있는지도

숲은 목쉰 바람의 바다였다
숨죽인 호흡을 짓눌러
기관총이 베어 낸 광장의 저 아우성까지 흩뿌리며
시대는 흔적도 없이 엄청난 상실을 실어 갔다
세월이 세월에 방치되듯
시대 또한 시대를 돌아보지 않는다

아득한 시공을 두고 떠난 향토여
남은 무엇이 내게 있고 돌아갈 수 있는 무엇이 거기 있나
산사나무는 여전히 우물가에서 열매를 맺고
뻥 하니 뚫린 문짝은 어느 누가 어찌 손질해
그 어느 봉분 속에서 부모님은 흙 묻은 뼈를 앓고 계시는가
서툰 음화 흰 그림자여

아무튼 돌아가 보기로 하자
오래 인적 끊긴 우리 집에도
울타리 국화꽃이야 씨앗 영글어 흐드러지겠지

영영 빈집으로 남은 빗장을 벗겨
요지부동의 창문을 부드러이 밀어젖히면
갇힌 밤의 사위도 무너져
내게 계절은 바람을 물들여 닿으리라
모든 게 텅 빈 세월의 우리(檻)
내려 쌓이는 것이 켜켜이 쌓인 이유임을 알 수도 있으리라

송두리째 거부되고 찢겨 나간
백일몽의 끝 그 처음부터
그럴듯한 과거 따위 있을 리 없어
길들여 익숙해진 재일(在日)에 머무는 자족으로부터
이방인인 내가 나를 벗어나
도달하는 나라의 대립 틈새를 거슬러 갔다 오기로 하자

그렇다, 이젠 돌아가리
노을빛 그윽이 저무는 나이
두고 온 기억의 품으로 늙은 아내와 돌아가리

축복

올해도 결국 연하장은 쓰지 않았다
가다듬을 새도 없이 해(年)는 오고
인사는 그대로
고향을 떠났을 때 그대로인 탓이다

어느 결에 말(언어)조차 옷을 갈아입고 말았다
기수사(基數詞)마저 고리짝 아래 장뇌에 절었고
인사 한마디 여기선 이미 겉치레로만 건네질 뿐
하여 다정한 벗일수록 말이 없다

썩은 낙엽에 숨 쉬는 대지처럼
수북한 연하장 더미 깊숙이 잠들어 있는 건 나의 축복이다
떼밀려 숨어든 모어(母語)이자
두고 온 말을 향한 은밀한 나의 회귀이기도 하다

얼어붙은 나무 둥치의 뜨거운 숨결을
거품 부글거리는 언어로는 도저히 말할 수 없다

'틈새'의 실존을 묻는다

― 재일 시인 김시종의 시세계

1

이 책은 김시종(金時鐘, 1929~)의 시집 『원야의 시』(原野の
詩, 立風書房, 1991)와 『화석의 여름』(化石の夏, 海風社, 1998)에
실린 시들을 부분 발췌하여 우리말로 옮긴 것이다. 특히 『원
야의 시』는 시인의 처녀시집 『지평선』(地平線, 1955)을 비롯하
여 『일본 풍토기』(日本風土記, 1957) · 『니가타』(新潟, 1970) ·
『이카이노 시집』(猪飼野詩集, 1978) · 『광주시편』(光州詩片, 1983)
등 이전의 시집들이 총망라된 방대한 분량의 집성시집이다.

소설에 비해 시 창작이 상대적으로 열세인 일본 문단인 만
큼, 이런 시집이 간행되었다는 사실 자체만으로도 획기적인
일이 아닐 수 없다. 재일 문인으로서는 드물게 꾸준히 시 창
작 활동을 해 온 김시종의 문학세계는 이제 그의 연륜과 더불
어 독자적인 영역을 확고히 굳힘으로써, 일본 내에서도 주목
받게 되었다.

김시종의 시세계에 대한 일본에서의 관심과 평가는 근래
활발하게 이루어지고 있다. 그러나 국내에서 그의 시문학을

검토한 글을 찾기란 힘들다. 그의 존재가 빛을 발하는 것은 뛰어난 시인에게 발견되는 예지의 힘과 견자(見者)적 면모를 갖추었기 때문이다.

재일 1세대이면서 그는 누구보다 먼저 "'재일'을 산다"라는 실존적 문제에 깊이 천착해 왔다. 일본에 의한 식민지 지배라는 불행한 역사적 산물이며 남북 이데올로기의 정치적 갈등이 빚은 결과에 다름 아닌 '재일'이라는 실존적 상황을 어떻게 살 것인가. '재일'의 존재의의는 어디에 있는가.

시인이 자신의 시를 통해 웅변적으로 제시하는 이러한 물음에 귀 기울이는 작업은, 그대로 우리 자신의 현재가 투영된 또 하나의 자화상과 직면하는 일이기도 하다. 그 자화상은 미처 우리의 시선이 가 닿지 못한 지점에서 비록 낯설긴 해도 우리가 외면할 수 없는 모습으로 엄연히 존재하고 있는 것이다.

2

김시종은 원산에서 태어나 제주도에서 초등학교를 다녔다. 시인 자신의 표현을 빌면, 그는 식민지 시기의 철저한 '황국 소년'이었다고 한다. 일본어가 '국어'였던 당시에 그는 누구보다 열심히 '국어'를 공부했고 일본어는 곧 자신의 정신을 지배하는 일차적 언어로 자리 잡게 되었다. 일본어에 내재된 정서가 고스란히 그의 내면에 심어졌고 의식 또한 지배자의

교육에 철저히 경도되었다. 따라서 마침내 해방을 맞이했을 때, 한글을 전혀 모르는 상태였던 그는 일본의 패전 소식에 절망했다. 일본인에서 한순간 조선인으로 탈바꿈되어 버린 자신의 정체성을 체험하는 일은 큰 충격이었다.

김시종에게 사상적인 일대 전환점을 가져다준 것은, 1946년 최현(崔賢) 선생을 따라 광주에서 참가하게 된 '제 고장 찾기 운동'이었다. 제주도에서는 직접 겪지도 보지도 못했던 궁핍한 농촌의 현실에 그는 엄청난 충격을 받았고, 일본의 식민지 지배하에서 무지했던 자신을 통감했다. 이때부터 그는 자기 회복을 위한 사회주의 · 공산주의운동에 적극적으로 가담했고, 미군정이 실시되던 당시의 시대상황에서 자유로울 수는 없었다. 결국 그는 연로한 부모님을 제주도에 남겨 둔 채 일본으로 건너갔고, 1949년 이후 지금까지 '재일'의 삶이 이어졌다. 반세기가 넘도록 지속된 그의 재일 체험은 어떤 사상을, 어떤 시적 토양을 형성한 것일까.

그의 첫 시집 『지평선』은 1950년부터 1955년에 걸쳐 쓴 시들을 모은 것이다. 이 제목에는 희망과 망향의 심정이 담겨 있고, 헤어진 부모와 고향에 대한 그리움을 품은 동시에 일본에서의 새로운 삶에 기대를 담은 시인의 내면을 추측하게 한다.

김시종은 1949년 8월, 일본공산당에 입당하면서 재일조선인운동의 조직 활동에 뛰어든다. 그의 시 창작은 1950년 5월 26일 『신오사카신문(新大阪新聞)』(석간)에 첫 일본어 시 「꿈같은 일」이 게재됨으로써 활발하게 전개되었다. 비교적 평이한 시어로 쓰인 이 시는 20대 초반의 꿈 많은 젊은 시인 김시종의 일면을 전해 주기에 충분하다.

일본정부에 의해 강제로 폐쇄되었던 '나카니시(中西) 조선소학교'의 개교 활동, 1951년 10월에 결성된 오사카 '재일조선문화인협회'에서 발간된 종합지 『조선평론』에 참가, 1953년 2월 시 동인지 『진달래』 창간을 주도하는 등의 활약이 말해 주듯, 김시종은 정치적으로 문학적으로 오사카 재일조선인 사회의 움직임 한가운데에 있었다.

한편 재일조선인 조직인 '재일본 조선통일민주주의 통일전선'(약칭 민선)이 운동을 직접 북조선의 지도하에 두게 되는 현재의 '재일본 조선인총연합회'(약칭 총련)로 바뀌면서 노선 전환에 따른 조직 내의 반발이 생겨난다. 특히 1957년 7월에 발표한 에세이 「장님과 뱀의 입씨름(盲と蛇の押問答)」과 시 「오사카총련(大阪總連)」이 총련으로부터 정치적 비판을 받기에 이른다. "나는 '재일'이라는 부사(副詞)를 달고 있는 조선인"이라는 정체성을 인식하면서 "나는 왜 시를 쓰는가"라는 물음을 자신에게 던질 때, "영광을 바칩니다 / 신년의 영광을 / 조국의 깃발이며 승리이신 우리 수령님 앞에!"와 같은 시를 쓰는 일은 "무감각 이상의 혐오에 가깝고 더 이상 거짓말과 다름없는 시를 쓸 수는 없습니다"라고 김시종은 자신의 입장을 대담하게 밝히고 있다. 이러한 배경 속에서 같은 해

11월, 김시종의 제2시집 『일본 풍토기』가 간행되었다.

3

시인 김시종의 "나는 '재일'이라는 부사를 달고 있는 조선인" 인식은 매우 중요하다. 그는 자신의 시가 뿌리내린 지점을 애당초 철저한 실존과 현실에서 찾고 있는 것이다. 이러한 인식은 원래 일본에서 출생, 성장한 본격적인 재일 세대인 2세대의 등장과 더불어 널리 확산되기 시작했다는 점을 감안할 때, 시인의 선견적인 자질을 평가하지 않을 수 없다.

『진달래』 창간에 참여했던 소설가 양석일(梁石日, 1936~)은, 『일본 풍토기』에 실린 시인의 강한 의지는 '재일이 조선'이라는 방법론의 확립을 향해 한 발 내디딘 시기에 나온 것으로, 정치적 대립이 격심한 시기였던 만큼 남북조선을 등거리에 두고 자기검증을 시도한 김시종의 재일론은 너무나 급진적(radical)인 것이었다고 말한다.

김시종에게 '재일'은 북이냐 남이냐라는 선택지가 아니며, 남북이 동시에 수용 가능한 열린 공간이자 실존의 장(場)으로 받아들여진다. 이러한 복안(複眼)적 사고에서 출발된 그의 재일론은 미래 지향적이고 생산적인 재일의 역할과 가능성의 길을 터 놓는다.

그에게 "재일조선인이란 자신의 나라, 즉 북조선과 남조선을 동일한 시야, 하나의 시야에 수용할 수 있는 입지 조건을 의지적으로 살아가는 생활 집단이어야 하는 것"이며, "다시 말해 정치 신조의 차이가 반드시 동떨어진 서식 장소, 따로 떨어져 살아야 하는 장소를 필요로 하지 않는 한곳의 필연을 살고 있다는 의미이다. 현재의 조선에서 남북이 동거할 수 있는 단 하나의 장소로 '재일'이 있음은 거듭 중요한 의미를 띠게 되는 것"이다. 곧 시인에게는 '재일'이 이미 하나의 '조선'이라는 말이 된다.

아울러 그는 재일의 실존적 의의를 다음과 같이 간파한다.

"고유의 문화권에서 벗어난 '재일'을 산다는 것은 어떤 부채나 마이너스가 아니라 조선에 없는 것을 키우며 살아가는 방식이며, 5천 년 역사에도 없는 것을 조선에 끌어들일 가능성을 산다는 시점이 개발될 때, 젊은 세대들이 조국과 멀어졌다는 사실로 허무에 빠지는 일이 극복될 수 있을 것이다. 이는 오히려 오늘날 단절된 '조선'을 되돌리는 활력이 될 수도 있기 때문이다."

시인 김시종이 말하는 재일론은 이미 3~4세대가 주축이 되기 시작한 오늘날의 정황을 감안하면 무리 없이 수용되는 내용들이지만, 처음 주창했을 당시 경직된 분위기 속에서 이데올로기의 선택을 강요당하고 있었다. 조총련과의 갈등으로 인해 김시종은 자연히 재일조선인운동의 조직에서 멀어졌고 급기야 『진달래』의 해산으로 이어졌다.

제3시집으로 예정되었던 『일본 풍토기 Ⅱ』는 중단되었고 원고도 분실되고 말았다. 이후 거의 10여 년이 지난 뒤에야 김시종은 시집 『니가타』를 세상에 내놓을 수 있었다. 장편시집 『니가타』는 「간기(雁木)의 노래」, 「바다 울림 속에서」, 「위도(緯度)가 보인다」라는 소제목으로 나뉘어 있다. 니가타는 일본 혼슈(本州) 중부 지방 동북부의 동해에 면한 현의 현청 소재지이지만, 김시종의 니가타는 재일한국인을 실은 북한 귀국선이 최초로 출발한 항구로서 그 의미를 띤다. 마침내 '조국'으로 돌아가는 동포들. 그러나 이 광경을 지켜보는 시인의 심상은 더없이 황량하고 고독해 보인다. 오히려 고통스럽기까지 하다.

4

김시종은 일본어를 '국어'로 배웠고 우리말을 전혀 모르는 상태에서 해방을 맞았다. 해방을 계기로 뒤늦게 민족의식에 눈을 뜨고 우리말을 채 익히기도 전에, 그는 다시 도망치듯 조국을 떠나 일본에서 일본어로 시를 쓰는 시인의 길을 걷게 되었다. 과거 역사의 지배자의 나라에서 지배자의 언어로 문학을 한다는 것은 어떤 의미가 있을 것인가. 그는 말한다.

"나는 내 요람 시절의 꿈을 가득 품고 있는 일본어를 버릴 마음이 전혀 없다. 과중한 규제를 받으며 습득한 일본어를,

일본인을 향한 최대의 무기로서 나는 구사하고 싶다."

"일본인의 시각, 일본인의 감성, 일본인의 사유를 깨뜨리는 무기로 삼는 것이다."

김시종은 거의 10대 후반까지 모국 생활을 했고, 일본에 건너가서도 오사카의 조선인 밀집 지역인 이카이노 근처에서 줄곧 살아왔다. 이러한 체험과 환경은 시인에게 조선적인 정서와 색채에 대한 감각을 환기시키는 동시에 이카이노 특유의 정서와 현실을 살려 내는 생생한 언어 표현을 창조하는 데 일조했으리라 짐작된다.

김시종이 구사하는 시어는 우선 일본의 전통시 와카(和歌)가 지닌 서정적 운율을 탈피하는 데에서 출발한다. 그의 표현은 일본어이면서도 일본어와는 다른 독특한 울림을 띤다. 『니가타』에 이은 장편시집 『이카이노 시집』은 이국 속의 조선이며, 고향의 대명사인 이카이노의 풍경을 애정어린 시선으로 묘사해 낸다. 1973년 2월 1일, 오사카후(府)가 주거 표시의 변경이라는 명목하에 말소한 이래, 이카이노는 지도에서 사라진 지명이 되고 말았다. 그럼에도 이쿠노구(生野區)의 이카이노는 여전히 이국 속의 조선, 고향을 상징하는 이름으로 불린다.

한번 시작했다 하면 / 사흘 낮밤. / 징소리 북소리 요란한 동네. / 지금도 무당이 날뛰는 / 원색의 동네. / 활짝 열려 있고 / 대범한 만큼 / 슬픔 따윈 언제나 날려 버리는 동네. / 밤눈에도

또렷이 드러나 / 만나지 못한 이에겐 보일 리 없는 / 머나먼 일
본의 / 조선 동네.

—「보이지 않는 동네」 부분

『이카이노 시집』에 실린 시 가운데는 구어체 표현으로 직
접 독자들에게 말을 걸어와 친근감을 갖게 하는 표현들이 인
상적이다. 이는 기본적으로 구어체를 배제하고 문어체 경향
으로 흘렀던 일본 전후 시와 비교할 때, 폐쇄적인 문어체의
틀을 깬 성공적인 예라고 말할 수 있다. 시에 담긴 애정어린
유머와 풍자성 또한 신선한 활력을 불어넣고 있다.

시인 김시종을 말할 때, 빠짐없이 거론되는 사항으로 일본
어 표현을 들 수 있다. 김시종의 일본어는 일본어를 모국어로
사용하는 일본인들에게 생경함과 더불어 기존의 일본어 틀을
탈피한 새로운 영역을 확장해 보여 준다.

김시종이 개척한 시의 공간과 대화함으로써 우리는 내부에
서 느끼고 생각하는 습성에 갇혀 있던 일본어의 폐쇄적인 체
계의 주박으로부터 풀려나는 기회를 얻는다.

—다카노 도시미(高野斗志美)

이는 반드시 시어에 관련된 것만은 아니다. 궁극적으로 김
시종의 시가 추구하는 시의 본질적 의미와 지향점에 직접적

으로 접목되어 있다. 김시종에게 시란 "인간을 그리는 것"이며 "인간성을 돋보이게 하는 것"이다. 이는 실감을 도외시한 추상 개념의 시를 비롯, 사회 참여와 현실적 시대적 상황과는 무관해 보이는 현대 일본시의 경향에 대한 비판으로 이어진다. 또한 시인이야말로 "가장 선진적이고 가장 전위적인 의식의 소유자"이어야 하며, "익숙해진 일상으로부터의 이탈 그리고 동시에 이 익숙해진 일상과 대치하는 일"이 시를 낳는 원동력임을 강조한다.

시에 대한 이러한 사고는 '재일'을 사는 시인으로 하여금 조국의 현실에 무관심할 수 없도록 만든다. 1983년에 간행된 시집 『광주시편』은 행동하는 시인 김시종의 일면을 단적으로 보여 준 것이라 할 수 있다.

거기엔 늘 내가 없다. / 있어도 아무런 지장 없을 만큼만 / 나를 에워싼 주변은 평온하다. / 사건은 으레 내가 없는 사이 터지고 / 나는 진정 나일 수 있는 때를 헛되이 놓치고만 있다. / (중략) 늘 거기엔 내가 없다. / 광주는 진달래로 타오르는 피의 외침이다. / 눈꺼풀 안에서 흐려지는 시간은 희다. / 36년을 거듭해도 / 여전히 놓치고 마는 나의 때가 있다. / 저 멀리 내가 스쳐 지난 거리에서만 / 시간은 활활 불꽃을 세워 흘러내린다.

―「스러지는 시간 속에서」 부분

1980년 광주 민주항쟁에 대한 뜨거운 지지는 시인에게 '재일'의 무력감을 배가시키고, 동참의 열망이 간절할수록 자괴감 또한 깊어진다. 그러나 그의 소망과 꿈은 여전히 화석으로 살아남아 단단히 박혀 있다.

　5

　김시종의 시는 '재일' 조선인으로서 과거의 지배국이었던 일본에서 살아가는 실존의 의미를 캐어 내는 일련의 작업이라고 할 수 있다. 사회주의는 시인이 지순한 열정으로 청춘을 고스란히 바친 사상이었고, 지금도 그 흔적은 그의 마음 한 쪽에 남아 있다.

　재일 50년을 맞이하면서 출간된 시집 『화석의 여름』 후기에서 시인은 자신의 당시 심경을 다음과 같이 토로하였다.

　"일본어로 시를 쓰는 일의 무력감에서 나는 아직 벗어나지 못하고 있다. 최근 10년간, 사회주의권의 붕괴 또한 내 삶의 방식을 흔들어 시를 쓸 기력을 감퇴시켰다. 모든 것을 되짚어 정리해 나갈 필요를 절실히 느낀다."

　시인의 말에도 불구하고 『화석의 여름』은 한결 견고하게 다듬어진 어휘가 빛나는 빼어난 시 「화신(化身)」, 「화석의 여름」, 「똑같다면」 등을 통해 흔들림 없는 꼿꼿한 시인의 현실 응시와 의지, 소망을 지긋한 감동으로 우리에게 전해 준다.

가령 번데기에서 빠져나오지 못한 나비가 있어 / 나뭇가지
그대로 말라 버렸다 한들 / 날개는 서서히 절반의 몸인 채로
바람과 어우러지고 / 주변에 비상(飛翔)을 꽃가루처럼 흩트리
며 / 잎새 깊숙이 스러지겠지

—「화신」 부분

시인 김시종은 일본의 식민지 당시 체득한 일본어로 '재
일'이라는 실존을 살며 더욱이 일본어로 창작 활동을 전개해
왔다. 그는 자신의 감성을 지배해 버린 일본어에 대한 보복을
결코 일본어에 길들여지지 않는 자신만의 일본어로 행하고자
한다.

"어디까지나 어눌한 일본어를 고수하며 능숙한 일본어에
길들여지지 않는 자신일 것. 이것이 내가 품고 있는 나의 일
본어에 대한 보복입니다. 나는 일본에 보복하고 싶다는 마음
을 늘 지니고 있습니다. 일본에 길들여진 자신에 대한 보복이,
마침내 일본어의 폭을 조금이라도 넓힘으로써 일본어에 없는
언어 기능을 내가 제시할 수 있을지도 모릅니다. 그때, 나의
보복이 달성되는 거라고 생각합니다."

김시종의 일본어와 그의 시 창작은 이제 '일본, 일본어, 일
본인이란 무엇인가'라는 명제를 새로운 각도에서 그들의 시
대적, 현실적 인식과 더불어 검토하게 하는 힘을 획득했다고
말할 수 있을 것이다. 나아가 그의 존재는 동시대의 세계가

안고 있는 문제성을 함께 내포하면서 우리 문학과 우리 사회를 향해 다층적이고 역동적인 관점과 사고의 틀을 제시하고 있다는 점에서 충분히 상징적이라고 할 수 있다.

6

김시종 시인을 처음 뵌 것은 2002년 연초, 오사카 쓰루하시(鶴橋)에 있는 커피숍 '시로(志路)'에서였다. 이후 오사카에서 또는 서울에서 뵐 기회가 몇 차례 더 있었고, 첫 만남에서부터 지금까지 한결같은 시인의 깊고 큰 배려와 자상함에 나는 늘 감복당한다.

재일한국인 문학 가운데 우선 소설 장르에 온통 관심을 쏟고 있을 즈음에는 부끄럽게도 그의 존재에 대해 무지한 상태였다. 그의 시는 내게 말 그대로 신선한 충격으로 다가왔다. 비록 뒤늦은 발견이긴 해도 지척에서 거대한 산맥 하나와 맞닥뜨린 느낌이었다.

시인 김시종이 구사하는 시어는 결코 녹록하지 않다. 거칠고 야생적이면서도 때론 봄볕처럼 따사롭고 정감 넘친다. 결코 길들여지기를 거부하는 이 낯선 어휘와 표현들은 읽는 이를 불편하게 하지만, 그럼에도 신기한 조합으로 자석처럼 끌어당기는 마술적 흡인력을 지녔다.

시란 바로 인간을 그리는 것, 인간은 모두 저마다의 시를 살며 이미 자신의 시를 갖고 있다고 시인은 힘주어 말한다. 시를 향한 식을 줄 모르는 그의 열정은 윤동주 시집 『하늘과 바람과 별과 시』의 일본어 번역, 김소월·한용운·정지용·서정주 등의 시를 번역한 『재역(再譯) 조선시집』의 출간 등으로 이어진다.

다망한 일과 속에서 시인은 '코리아 국제학원'의 설립 준비 위원장을 맡아 동분서주하고 있다. 민단과 총련의 경계를 넘어 새로운 방향의 동포 운동이 전개될 역사적인 현장의 그 중심에, 시인은 변함없이 우뚝 서 있다.

이번에 김시종 시선집의 번역 간행을 성사시켜 주신 한림대학교 일본학연구소의 여러 선생님들께 진심으로 감사드린다. 거듭 은혜를 입게 되었다. 이 책을 누구보다도 고대하고 응원해 주신 『제주작가』의 이종형 선생님, 『다층』의 변종태 선생님께 특별한 고마움을 전하고 싶다.

2008년 봄

유숙자

지은이 김시종(金時鐘)

시인. 1929년 원산에서 태어나 제주도에서 성장한 후 1949년 일본에 건너갔다. 1953년 시 동인지 『진달래(ヂンダレ)』를 창간했으며, 일본어로 시 창작 및 비평, 강연 활동을 꾸준히 계속해 오고 있다. 1986년 수필집 『「재일」의 틈새에서(「在日」のはざまで)』로 '마이니치(毎日) 출판문화상'을 수상했다. 시집으로 『지평선』, 『일본 풍토기』, 『니가타(新潟)』, 『이카이노 시집(猪飼野詩集)』, 『광주시편』, 『화석의 여름』 등이 있다. 1991년 집성시집 『원야의 시』로 '오구마 히데오(小熊秀雄)상 특별상'을 수상했다. 일역으로 윤동주 시집 『하늘과 바람과 별과 시』, 『재역(再譯) 조선시집』 등이 있다.

옮긴이 유숙자

번역가. 계명대학교 일어일문학과 및 동 대학원을 졸업하고, 일본 도쿄대학교 대학원 인문사회계 연구과(일어일문학 전공)에서 연구 과정을 마쳤다. 고려대 대학원 국어국문학과에서 비교문학으로 박사학위를 취득했으며, 현재 고려대 한국어문화교육센터 강사로 있다. 저서로 『在日한국인 문학연구』 등이 있고, 역서로 『설국』 · 『행인』 · 『만년』 · 『사양』 · 『옛이야기』 · 『「나」』 · 『전후 문학을 묻는다』 · 『깊은 강』 등이 있다.

한림신서 일본현대문학대표작선을 발간하면서

한림대학교 일본학연구소에서는 1995년에 광복 50년, 한일국교 정상화 30년을 기념하면서 일본학총서를 출간하기 시작했다. 그 성과에 대해서 한일 양국의 뜻있는 분들이 높이 평가해 주신 데 깊은 사의를 표한다.

본 연구소는 한국이 일본을 더욱 잘 알게 되고, 한일간의 문화교류가 활발해진다는 것이 한일 양국을 위하는 것일 뿐 아니라 21세기를 향한 동북아시아의 평화와 새로운 질서를 수립하는 데 크게 이바지한다고 생각한다. 그런 뜻에서 일본학총서도 발간해 왔던 것이다. 앞으로도 그 사업을 계속할 것이며 연륜을 더해감에 따라 큰 발자취를 남기게 될 것을 의심하지 않는다.

그런 확신을 가지고 지금까지 일본학총서 발간에 보내 주신 한일 양국 여러분의 성원에 보답하는 의미에서 여기에 새로이 한림신서 일본현대문학대표작선을 발간하기로 했다. 일본 문학은 이미 세계 문학사에서 확고한 자리를 차지하고 있다.

일본은 전통적으로 문학 속에 사상을 담아 왔기 때문에 일본 사회를 알기 위해서는 일본 문학을 알아야 한다고들 흔히 말한다. 그럼에도 불구하고 지금까지 상업성을 위주로 하는 일반적인 출판사업에서는 일본 문학의 전모를 알리기에는 어려운 사정이 많았던 것이 사실이다. 그러므로 본 연구소는 일본을 바로 이해하기 위하여, 한일간의 문화교류를 더욱 촉진하기 위하여 여기에 일본현대문학대표작선을 간행하기로 했다.

이러한 노력이 우리 문화발전에도 크게 이바지할 수 있기를 바라면서 일본에서도 한국 문화를 일본에 알리기 위한 노력이 일어나서 한일간에 새로운 세기를 좀 더 밝게 전망할 수 있게 되기를 바란다.

여러분들의 계속적인 성원을 기대해 마지 않는다.

1997년 11월
한림대학교 일본학연구소

한림신서 일본현대문학대표작선 37

김시종 시선집 경계의 시

초판인쇄 • 2008년 5월 8일
초판발행 • 2008년 5월 15일

지 은 이 • 김시종
옮 긴 이 • 유숙자

펴 낸 이 • 한림대학교 일본학연구소
펴 낸 곳 • 도서출판 소화
등   록 • 제13-412호
주   소 • 서울시 영등포구 영등포동 7가 94-97
전   화 • 2677-5890
팩   스 • 2636-6393
홈페이지 • www.sowha.com

ISBN 978-89-8410-333-7 04830
ISBN 978-89-8410-108-1 (세트)

값 7,000원